KB145985

햇살이 머무는 뜨락

주응규 수필집

작가의 말

동물이든 식물이든 생명을 가진, 지구 상의 모든 생명체는 자기 몫의 삶이 있습니다. 저마다 다른 사연의 향기를 뿜으면서 말입니다. 해가 뜨고 지고 달이 뜨고 지고 하면서 봄, 여름, 가을, 겨울을 지나, 또다시 봄이 찾아옵니다. 이렇게 세월의 톱니바퀴는 알아서 돌아갑니다. 우리네 삶도 자신만의 고유 영역인, "햇살이 머무는 뜨락"에는 갖은 사연이 피어납니다. 저마다의 다채로운 향기가 어우러져, 사람 사는 세상은 여울지며 흘러갑니다. 그대 그리고 나의 "햇살이 머무는 뜨락"에 오늘은 어떠한 사연이 피어날까요? 웃음꽃 만발하는 행복이 모락모락 피어나기를 기대합니다.

시집(詩集)을 제3 시집까지 출간 후, 이번에는 두렵고 떨리는 마음으로 첫 수필집 "햇살이 머무는 뜨락"을 독자 여러분께 선보입니다. 수필이라는 형식을 빌려 살면서 겪었거나 느낀 점들을 글로 옮겼습니다. 생활 경험, 사회현상, 자연 관찰 등을 주제로 나름의 고뇌를 담아 엮어보았습니다. 삶의 향기를 공감할 수 있는 수필집이 되기를 소망해봅니다. "햇살이 머무는 뜨락"을 찾아주신 독자 여러분! 감사합니다. 항상 건강하시고 행복하시길 기원하겠습니다.

2016년 11월

주응규 드림

* 목 차 *

제1부 햇살이 머무는 뜨락

제2부 고향의 빈 뜰

* 목 차 *

제3부 오늘이라는 선물

제4부 표현하는 아름다움

* 목 차 *

제5부 계절 따라 흐르는 삶

제1부 햇살이 머무는 뜨락

동물이든 식물이든 생명을 가진, 지구 상의 모든 생명체는 자기 몫의 삶이 있습니다. 저마다 다른 사연의 향기를 뿜으면서 말입니다.

제1장
햇살이 머무는 뜨락

동물이든 식물이든 생명을 가진, 지구 상의 모든 생명체는 자기 몫의 삶이 있습니다. 저마다 다른 사연의 향기를 뿜으면서 말입니다. 해가 뜨고 지고 달이 뜨고 지고 하면서 봄, 여름, 가을, 겨울을 지나, 또다시 봄이 찾아옵니다. 이렇게 세월의 톱니바퀴는 알아서 돌아갑니다. 우리네 삶도 자신만의 고유 영역인, 햇살이 머무는 뜨락에 갖은 사연을 심고 가꾼 다채로운 향기를 지닌, 저마다의 사연들이 어우러져, 사람 사는 세상은 여울지며 흘러갑니다.

우리가 사는 삶은 흔히 행복과 불행의 조건을 기준으로 삼습니다. 모든 사람이 행복한 건 아닙니다. 그렇다고 해서 모든 사람이 불행한 것 또한 아닐 것입니다. 불행과 행복, 행복과 불행은 교차하며 돌아가거늘, 굳이 하나만을 독차지하려 한다면, 그 몫은 오로지 자신의 몫일 수밖에 없습니다. 현시대는 남들보다 뛰어난 자기만의 창의적인 재능이 있다면, 좀 더 값진 삶을 살 수 있습니다. 사람에게는 누구나 자신에게만 주어진 재능이 있습니다. 그 재능을 우리는 때때로 망각하고 "남들이 하니까 나도 할 거야. 너 하는데 나라고 못 할 리가 없어." 마음만을 앞세우다 낭패를 보는 경우가 허다합니다. 누구에게나 도전 정신은 필요하지만, 그것도 자기 능력 밖의 일이라면 무리일 수밖에 없습니다. 예를 들어, 우리나라 일반 성인 남자의 신체조건으로 제아무리 노력해본들, 100m, 200m 세계 신기록자인 자메이카 출신 우사인 볼트의 기록을 능가할 수 있을까요. 노력도 중요하지만, 하늘이 준 신체적 조건 그리고 타고난 재능이 있어 가능한 일입니다. 세계 최고의 선수인 만큼, 그가 얻은 명예와 부(富)는 당연하다 생각이 듭니다. 그렇다고 우리가 실망하거나 부러워할 필요까지는 없습니다. 누구에게나 남이 지니지 못한 재능 하나씩은 있으니 말입니다. 자신만의 재능을 찾아내어 가꾸고 노력하며 산다면 그보다 값진 삶은 없을 겁니다.

누구나 수많은 외로움과 방황과 두려움을 안고 치열하게 살아가지만, 그 험한 바탕의 땀방울에 피어나는 행복이 있어 살맛 나는 세상일 겁니다. 세상은 혼자만 살 수는 없습니다. 싫든 좋든 사회라는 굴레 안에서 서로 몸으로 부대껴가며 살아갑니다. 한 사람일 때는 문제가 될 리 만무하지만, 둘 이상이면 원칙이 있어야 삶이 평화롭습니다. 복잡하게 돌아가는 현대사회의 문제점 또한, 자꾸 양산되는 실정입니다. 세상 안에는 많은 문제점이 있고, 그 문제점을 법이라는 잣대를 적용하여 될 수 있는 한, 공평하게 들이대려 합니다. 사람이 살아가는 인간 세상에도 법이 있듯이, 동물의 세상에도 그들만의 법칙이 있을 겁니다. 사회가 무탈하게 굴러가려면 원칙이 있어야 합니다. 그런데 꼭 반칙하는 무리가 있습니다. 원칙 즉 법이라는 테두리를 교묘히 벗어나 자신만의 이익을 추구하려는 얄팍한 속셈을 들어내거나, 돌이킬 수 없는 죄를 짓기도 합니다. "죄는 미워하되 사람은 미워하지 말라"는 말이 있습니다. 무슨 의미인지는 모두 익히 알지만, 일반 상식으로 도저히 용납이 가지 않은 범법행위를 일삼는 사람이, 우리 사회에는 많습니다. 인터넷에서 본, 흥미로운 이야기가 있었습니다. 어느 원시 부족 이야기입니다. 이 부족에게도 법이라는 잣대가 당연히 있습니다. 이 부족사회에서 누군가가 죄를 지으면 처벌이 경이롭습니다. 마을 광장에 죄를 지은 사람을 중심으로 부족 사람들이 둥글게 모인답니다. 그리고 죄를 지은 부족의 죄수에게 욕설과 돌을 던지는 게 아니라, 그 사람의 살아온, 지금까지의 선행에 대해서만, 부족 사람들이 돌아가면서 칭찬을 해준답니다. 인간 본연의 마음으로 말입니다. 부족 사람들 모두가 참여하여 며칠이 걸릴 수도 있다고 합니다. 이렇게 하면, 죄수는 부족 한 사람 한 사람의 마음의 진정성을 읽어 회개의 눈물을 흘리며, 자신이 저지른 죄를 뉘우친다는 내용이었습니다. 때 묻지 않은 인간 본연의 순수한 심성을 읽을 수 있어 좋았습니다.

세상을 사노라면 뜻하지 않은 일들이 불어닥칠 때가 있습니다. 그렇다고 해서 세상에 대들지 마세요. 세상을 거스르지도 마십시오. 정도를 밟으며 물이 흐르듯 순리대로 살아가세요. 우리에게 삶의 지표가 될만한 제가 좋아하는 러시아의 위대한 시인이자 소설가인 알렉산드르 푸시킨의 세계적인 명시(名詩) 구절을 옮겨놓습니다.

삶이 그대를 속일지라도 / 노여워하거나 슬퍼하지 말라 / 슬픈 날을 참고 견디면 / 기쁜 날이 오고야 말리니 / 마음은 미래에 살고 / 현재는 우울한 것 / 모든 것은 순간에 지나가고 / 지나간 것은 다시 그리워지나니.

"삶이 그대를 속일지라도" 라는 시의 구절입니다. 이 시는 누구에게나 공감을 주는 시이기에 세계인의 사랑을 받습니다. 우리네 삶의 뜨락에 속속들이 피어나는 저마다의 사연과 같은 시입니다. 그대 그리고 나의 햇살이 머무는 뜨락에는 오늘은 어떠한 사연의 꽃이 피어날까요? 은은히 꽃향기 피우는 하루가 되기를 소망합니다.

제2장
아들과 나

사람이 살아가면서 삶의 빛과 소금이 되고 세상과 소통하는 것이 사랑이라고 한다. 세상에서 가장 아름답고 고귀한 것이 사랑하는 마음이라 생각한다. 사람은 사랑을 먹고 산다는 말이 있다. 많은 사랑의 갈래 중, 천륜으로 맺어진 자식 사랑은 내리사랑이다. 나에게는 아들이 둘 있다. 큰놈은 언제 보아도 믿음직하고, 자기 맡은 일 묵묵히 해나가는 아들을 가만히 보고 있노라면, 마음이 든든하다. 둘째 놈은 항상 어리광과 투정에 뭐가 그리 할 말이 많은지 혼자 제잘 인다. 딸이었음 좋았을 것을…

몇 해 전, 아들과 나 아니, 우리 가족에게 잊지 못할 일화가 있었다. 그날의 일들을 생각해 보면 절로 웃음이 난다. 그러니까 10년 전쯤인가 보다. 우리는 맞벌이하는 관계로 시간을 내어 아이들과 함께할 시간이 없다. 모처럼, 어느 봄날 일요일을 맞아 과천 서울랜드로 바깥나들이 가기로 했다. 당일 아침 집사람은 언제 일어났는지, 김밥에 음식 준비 한창이고, 큰놈과 둘째 아이는 평상시 늦잠을 자는 것이 관례였건만, 새벽같이 일어나 신이 났다. 모처럼 쉬는 휴일이라 달콤하게 쏟아지는 잠이 아쉬워, 뒤척이기를 반복하는데, 큰놈이 일어나라고 장난을 걸어온다. 겨드랑이, 배, 목을 간질이고 이번엔 안 되겠다 싶었는지, 배 위에 앉아 말놀이한다.

"아들아 10분만" 내 말에는 아랑곳하지 않고, 내 옆에 누워 옆구리를 간질여 온다. 나도 순간 장난기가 슬슬 발동했다. 큰놈을 낚아채, 두 팔로 꼭 감싸고 나의 두 다리까지 큰 놈의 다리를 꼬며, 우리 10분만 더 자자하고 옭았다. 아들 녀석이 빠져나오려고 발버둥을 쳐댄다. 온 힘을 다해 빠져나오려는 녀석에게 속으로, 너 이제 딱 걸렸어 하고 회심의 미소를 머금고 눈을 감았다. 꼼짝달싹 못 하게 하려는 나와 탈출하려는 큰아들 녀석, 두 부자의 장난이 시작되었다.

한참을 빠져나오려 애를 쓰다 도저히 안 되겠다 싶었는지, 자기 동생에게 SOS를 요청한다. 둘째 아들 역시, 발부터 시작해 겨드랑이까지 나를 간질인다. 둘째 아이까지 가세해도 안 되겠다 싶었는지, 이번엔 자기 엄마에게 도움을 청한다.

"엄마 구해줘~ 엄마~ 구해줘!"을 반복한다. 집사람 왈~

"애나 어른이나 자~~알 한다." 한참을 옥신각신하던 차 아들의 외마디

"악~" 순간 직감이 심상찮은 예감이다.

멈추고 아들을 바라보니, 눈물이 흘러내리고 눈만 껌뻑 인

다.

"왜 그래?"

순간, 멈칫 놀란 가슴으로 아이에게 조심이 묻는다.

"아빠~나 못 움직이겠어!" 힘없이 말하는 표정이 예삿일이 아니다. 목을 두 팔로 감쌌는데, 빠져나오려다 목이 다쳤나 보다. 조심이 아들 목을 만져 본다. 순간 죽는다고 악쓰며 울어 대는 아이다. 주방에서 아이 엄마가 달려오고, 둘째 녀석도 눈이 동그래졌다. 집사람 왈

"도대체 어떻게 했길래, 아빠라는 사람이 아이를 이 모양으로 만들었느냐고 난리다." 다시 한 번 아이 목을 조심스레 만지려고 손을 댔다가 기절을 하듯이 손대지 말라고 울부짖는다. 갑자기 눈앞이 캄캄해진다 아! 예수님, 부처님, 공자님, 조상님, 난생처음으로 애절히 구원의 마음으로 불러 본듯하다. 사람 마음이 정말 간사한지라, 교회나 절, 그리고 조상을 숭배 시 하지도 않았던 나 자신이, 급할 땐, 나도 모르게 애절히 찾는다. 사람이 급하면 지푸라기라도 잡는다는 심정이 이런 건가 싶었다. 아이를 병원에 데리고 가려고 해도, 도대체 목을 움직일 수 없으니, 기가 막힐 노릇이다. 집사람의 눈에서도 눈물이 흘러내린다. 대체 이게 뭐란 말인가! 모처럼 가족 나들이 간다고 들뜬 아이 녀석이 누워서 꼼짝을 못한다. 30여 분이 지났는데도 요지부동이다. 이마엔, 식은땀이 분명히 흘러내리고 있었다. 집사람이 안 되겠다 싶었는지, 119를 부르란다. 도리가 없었다. 119에 전화를 했다. "예 119입니다. 무엇을 도와 드릴까요?"

"수고하십니다. 여기 무슨 동 XX 번지 몇 호인데요"

"아이가 목을 다쳐 움직일 수가 없는데 도와주십시오." 가타부타 이야기를 설명하고는

"네~ 출동하겠습니다." 말이 끝나기도 전 내 입에서 쏟아진 말,

"그런데요. 일요일이기도 하구요. 주택가인데 출동할 때 사이렌을 울리지 않고 출동해 줬으면 하는데요." 119쪽에서 하는 말

"사이렌 울리지 않고 출동하면 불법입니다." 힘없이 내 입에서 나지막이 나오는 말,

"아~ 그러세요. 빨리 와 주십시오. 부탁합니다." 옆에서 집사람이 내가 통화하는 걸 듣고는, 기막힌 표정으로, 이 와중에 무슨 사이렌 타령이냐고 면박을 준다. 일요일 아침 그것도 모처럼 가족 나들이 가기로 한날, 대체 이 무슨 날벼락이란 말인가! 아들 녀석은 조금도 호전될 기미를 보이지 않고, 손만 대면 죽는다. 고래고래 악을 쓰며 울어대는 녀석을 보며, 나 자신이 왜 그리 나약해 보이던지 한숨이 절로 나왔다. 손 놓고 초조함으로 기다릴 즈음, 멀리서 사이렌 소리가 들려온다. 그날따라 119 출동하는 사이렌 소리는 요란하기도 하다. 현관문을 열고 들이닥치는 대원들, 자초지종을 묻는다. 사실대로 설명했건만, 나를 바라보는 눈초리는 꼭 아동학대를 한게 아니냐는 식이다. 대원들도 손만 대면 악을 쓰는, 아이의 울부짖음 앞에서 망설이다 결심이나 한 듯, 아이의 울부짖음을 아랑곳하지 않고, 목에서부터 허리까지 지지대를 대고는

들것에 아들을 눕힌 채, 집 앞 현관문을 여는 순간, “아뿔싸~ 구경났네! 구경났어” 일요일이라 그런지, 동네 이웃 사람들이 모두 모인듯하다. 아이 엄마보고 무슨 일이냐고 걱정하며 묻는 사람들을 뒤로하고, 119 응급차에 몸을 실었다.

병원 응급실에 도착하니, 휴일인데도 아픈 사람이 많기도 하다. 난생처음 응급실에 와본다. 살다 보니 이런 날도 있구나 싶었다. 정말 한심스러운 나 자신이다. 아이를 지켜보노라니, 아들에게 얼마나 미안하든지, 병원 응급대기실에 눈만 껌벅 이는 아들을 바라보며, 초조해하기를 한 시간이 되어간다. 그사이 집사람과 둘째가 도착했다. 아직 기다리느냐며 안쓰러워한다. 나를 바라보는 아내의 눈길이 원망으로 가득 차 있다. 드디어 우리 차례가 왔다. 목 부분을 단층 촬영을 했다. 다행히 목뼈에는 이상이 없고, 목 근육이 놀랐단다. 의사 왈, 인턴 둘 그리고 나까지 아들 손과 발을 잡으란다. 그리고 아이의 울부짖음을 뒤로 한 채, 목을 당기며, 좌우로 목을 풀어준다. 죽으라 악을 쓰는 아들이다. 안절부절못하는 집사람이다. 크나큰 소용돌이 휩쓸고 간듯하다. 이렇게 해서 아들 목이 그나마 조금씩 움직인다.

물리치료를 받고는, 아들 목에 보호대를 두르고, 이젠 걷기까지 한다. 그나마 이만한 것이 다행이다 싶었다. 한바탕의 폭풍우가 지나고 안정을 찾은 후, 차를 타고 집으로 돌아오는데, 큰아이가 햄버거가 먹고 싶단다. 아이고~ 아드님! 사주고말고, 네 식구는 햄버거로 아침 겸 점심을 요기하고 집으로 왔다. 모처럼 계획했던, 우리 집 나들이는 이렇게 허망하게 지나가 버렸다. 이렇게 해서, 모든 문제가 해결되는가 싶었는데, 문제는 거기서 그치지 않고, 일파만파 온 동네 소문이 퍼지기 시작했다.

집사람이 그 당시 집 근처에서 미용실을 했다. 특히, 여자 고객이 많이 모이는 곳이라, 동네 소문이 퍼지기에 가장 적합한 장소다. 아들이 목에 깁스 비슷하게 목 보호대를 하고, 목이 반쯤 꺾인 듯 갸우뚱하고 걷는 모양새가, 내가 봐도 참, 우스꽝스럽고 엉거주춤한 모양새다. 동네 사람이 누가 그랬느냐고 농담 삼아 물어오면, 이 녀석이 하는 말이

"우리 아빠가요. 목을 비틀어 다쳤어요." 하고 말한다는 것이다. 그러면 아주머니들 왈

"세상에나 너희 아빠 계부 아냐?" 한다는 것이다. 그리고 학교에서도 선생님이나 누가 물어 오면, 똑같이 말을 한다고, 집사람이 나에게 일러준다. 나 참! 졸지에 포악한 아빠로 소문이 번진다. 그래서 아이를 불러 놓고 몇 번이고 다짐을 받았다.

"아들아, 누가 물어보면, 장난치다 목을 다쳤다고 말해 알았지?"

그렇게도 세뇌를 시켰건만, 누가 다시 물어오면 이번에는 "우리 아빠가요. 장난치다 목을 다쳤다 하래요." 아이고~ 나원 미쳐요. 이제는 아들을 꾀어 거짓말까지 가르치는 못된 아빠가 되었다. 하기야 큰아들이 7살, 초등학생 1년생이 누가

장난삼아 꼬시기 듯 물으면, 묻는 대로 사실을 말하는 건 당연하다. 그런 아이에게 장난치다 목을 다쳤다 하라고, 세뇌를 시킨, 나 자신도 우스꽝스럽긴 마찬가지다. 당시 동네 사람들이 나에게 인사 건네는 말, 누구 아빠, 아들 목은 왜 분질러 "놨대요." 였다.

벌써 10년 전의 지나간 이야기이지만, 큰아이에게나 나에게 아니, 우리 가족에게는 잊히지 않을 사건임이 틀림없다. 이제는 훌쩍 커버린 아들 녀석이다. 옳고 그름을 읽을 줄 알고, 가끔은 친구같이 장난도 걸어오고, 정색하면 움츠릴 줄도 아는, 속이 찬 남자로 변해 가는 과정을 지켜보노라면, 마음 한구석이 든든해진다. 몇 해 전, 아들에게 매를 든 적이 있다. 종아리를 열대쯤은 때렸나 보다. 중간 잘못했다고 두 손 싹싹 비는 큰아들에게 매질을 멈추고도 싶었지만, 처음 약속한 열대를 채웠다. 아들도 잘못을 인정한 터지만, 매질 후, 마음은 얼마나 아프던지….

그날 밤, 잠든 큰아이의 멍든 다리를 보고는 마음이 저렸다. 집사람이 가지고 온, 연고를 아이 종아리에 발라주면서, 많은 생각이 나의 뇌리를 스치고 지나갔다. 두 사건, 모두 평생 잊히질 않을 것이다. 아버지! 난, 가끔 내 아버지를 생각해 본다. 내 어릴 적 자상하던 아버지셨다. 그렇지만 잘못을 저지르면, 그냥 넘어가는 법이 없이 엄하고 호되게 꾸짖어 셨다. 이제 아들 녀석이 성장 후, 아버지라는 이름의 나를 어떻게 머릿속에 기억할 것인가를, 인생 마흔일곱 고개를 넘으며 생각해본다. 커가는 아들을 바라보는 흐뭇함, 장난기가 발동하면, 내 배를 꾹꾹 지어 박는 녀석, 그리고 자기 맡은 일을 묵묵히 해가는 아들이 사랑스럽다. 집사람에겐 인색하리만큼 해보지 않았던 말, "아들아 사랑한다."는 말을 요즘 들어 가끔 하곤 한다.

제3장
아버지와 콩자반

불러 보는 이름만으로도 가슴 한구석이 가득 채워지는 이름이 아버지이시다. 결혼해 자신을 낳아 기르면서, 부모님의 사랑을 알게 된다는 말이 무슨 의미인지, 인생 오십 고개에 가까워지고서야 조금은 알 것 같다. 오늘 아침 식탁에 오른 콩자반을 먹으며, 아버지 생각에 가슴이 뭉클해졌다. 내 아버지께서 만들어 주신 콩자반, 당신께서 만들어주신 그 맛을 잊을 수 없다. 나는 어느 때부터 인가 콩자반만 보면 내 아버지를 떠올리시게 된다. 고등학교 때, 객지에 나와 자취하는 나에게 아버지는 잔 반찬을 만들어 오시곤 하셨는데, 그 중의 가장 자주 만들어 오시던 반찬은 잊지 못할, 아버지의 콩자반이셨다. 어릴 때는 몰랐지만, 중년이 지나 뒤돌아보면, 냉장고도 없던 자취방에 오래 두고 먹으라는 아버지 나름의 깊은 뜻이 있었으리라.

아버지! 내 아버지는 어릴 때부터 곱게 자라 오셨다는 말을 주위에서 자주 듣곤 했었다. 겨우 중학교 2학년 된 장손인 아버지는 증조모님의 뜻에 따라, 네 살이나 연상이신 어머님과 결혼하셨단다. 지금 생각해 보면 웃을 일지만, 그래도 그 시절엔 간혹, 조혼이 있었다 한다. 어린 시절 어머니께서 말씀하시곤 하셨다. 처가 집, 나에겐 외가에 가시어 아버지께선 하루가 지났는데, 집에 가고 싶었던지 아버지께서 보이시질 않아 부랴부랴 어머니와 외할머니께서 찾아보니, 외가 종마루에 엎드려 울고 계시더란다. 아버지를 가만히 지켜보노라니, 마루에 엎드려 흘러내리는 눈물을 손끝으로 찍어 마루에 낙서하고 계시더란다. 곱게 자라신 아버지는 어린 나이에 처가 집이라고 가서는 얼마나 불편하고 집에 가고 싶었으면 그러셨을까 생각해 보면 웃음이 절로 난다. 외할머니와 어머니께서 그 모습을 보시곤 어떤 생각을 했을까! 참 기가 막혔을 거다. 어린 사위요. 남편의 비위를 맞추시느라 아마 어린아이 달래듯 하지 않았을까 생각해 보며 웃음이 난다.

둘째 아이의 나이 무렵이고 보면, 아직 어리고 철없는 나이인 것을, 그런 아버지께서는 내가 중학교 3학년이던 때 어머님과 사별하시고 객지에 나와 공부하는 막내인 나를 위해 만들어 오시곤 하시던 콩자반 맛을 잊을 수 없다. 어머니 살아생전 반찬은 고사하고 밥 한번 해보시지도 않던 아버지께서, 객지에서 공부하는 막내아들을 위해 정성껏 만드셨을 아버지의 콩자반이다. 지난 후, 그 시절 그 반찬 생각에 가슴이 뭉클해진다. 아버지의 서툰 솜씨지만 참깨도 뿌려 정성스럽게 만드셨을 아버지의 자식을 위한 정성의 맛이기에 더욱 고맙게 기억에 남아있다.

때로는 삶이 버거울 때, 내 아버지 모습을 떠올리며 용기를 얻곤 한다. 아버지의 주름 깊은 환한 미소를 떠올리면, 마음이 편해 옴을 느낀다. 아버지의 넉넉하시고 아름다운 미소가 보고파 진다. 이제 팔순을 바라보시는 아버지를 뵐 때마다 수척해지시는 모습에 마음이 아프다. 자주 찾아뵙지도 못하는 송구스러움에 나를 자책하여 보며, 이번 주 아이들과 함께 아버지를 뵈러 다녀와야겠다. “내 마음속 든든한 버팀목이신 나의 아버지 사랑하고 존경합니다.” 라고 말씀드리리라.

제4장
막내딸을 가슴에 묻던 날

"아빠 토순이 죽었어." 퇴근 후 약속된 술자리 중, 전화기 너머로 들리는 아들 녀석이 놀란 듯 흐느끼는 목소리에 가슴 한쪽이 철렁 내려앉는다. 태어나 처음으로 사별이라는 아픔을 경험한 아들, 평소 그렇게도 애지중지 챙기던 토끼 아니 여동생이었는데…

5년 전쯤인가 보다. 둘째 녀석이 자기 엄마를 조르고 졸라, 애완용 토끼 한 마리를 식구로 맞이하던 날, 난 호통부터 치고 말았다. 어릴 적에 토끼를 키워 보았기에 그리고 토끼의 습성에 대해서 누구보다도 잘 알기에 아연실색을 했다. 당장 물리라고 호통을 쳤다. 하기야 평소 애완견도 냄새나고 털 날린다고 질색하던 집사람이었다. 아이들이 그렇게 졸라도 못 들은 척하는 집사람이었는데, 둘째의 끊임없는 애원에 하는 수 없이, 못 이기는 척 들어 주시로 했나 보다. 잘 키우고 청소도 열심히 하겠다고, 애걸복걸하는 아들 녀석의 성화에 나도 하는 수없이, 조건을 달아 걸었다. 토끼장에서 반드시 키울 것, 청소는 아침저녁으로 꼭 할 것, 아빠 잔소리 나오지 않게 알아서 할 것을 다짐을 받고 토끼를 새 식구로 받아들이기로 했다.

하얀색 털에 앙증맞은 까만 눈을 가진, 우리 가족이 된, 토끼를 우리는 토순이라 이름을 지어 주었다. 평소 말이 별로 없던 큰아이도 토순이와 알 듯 모를 듯한 대화를 하며 동생 다루듯 친근감이 더해가고, 둘째 아이는 더 말할 나위가 어디 있으랴, 그리고 집사람도 동물을 그리 탐탁지 않게 대하는 성격인데 차츰차츰 정을 준다. 주먹 크기보다 조금 큰 녀석은 거실이며, 이방 저 방 뛰어다니며 아이들과 집사람의 관심을 한껏 누렸지만, 나에게는 천덕꾸러기나 다름없는 토끼일 뿐이었다.

아이들은 인터넷에 토끼 기르는 법 등을 검색하여, 애지중지 잘 키우는가 싶더니, 시간이 지날수록 아빠와의 약속은 먼 이야기 되어간다. 토순이를 토끼장 밖에서 키우는 빈도가 차츰차츰 늘어가는가 싶더니, 어느 사이 내가 없을 때는, 아예 거실에 내어놓고 방목 수준이다. 물론 내가 있을 때는 눈치를 보는 듯했으나, 내가 없을 때는 같이 데리고 놀다, 토끼장 밖에 내어놓고 학원에 간다. 퇴근이 나보다 늦는 집사람인지라 퇴근 후, 배설물이며 어지러운 청소는 서서히 내 담당이 되어간다.

아이들에게 몇 번이고 야단을 치며 경고를 하였지만, 그 당시뿐이다. 불쌍하고 갑갑할 것 같아 가두어 둘 수 없단다. 쑥쑥 자라나는 토순이는 6개월이 지나자 덩치가 강아지 수준이다. 털갈이 때면, 온 집안에 털 날리고 오줌은 얼마나 독한지 바로 닦아내지 않으면, 거실 마룻바닥에 스며들어 얼룩이 진다. 퇴근하면 고약한 냄새 때문에 창문을 다 열어젖히고, 청소하는 일들이 반복되어간다. 토순이를 잡아 토끼장에 넣을라치면, 미물도 사랑과 관심을 둬 주는 사람한테는 따르지만, 내가 잡을라치면 30분은 숨바꼭질을 해야 한다. 이방 저 방 숨어들고 소파 밑 침대 밑에 숨어들어 청소기로 어름 장을 놓으면, 깡충깡충 약 올리듯이 잘도 피해 다닌다. 결국은 제풀에 지쳐 내가 포기하는 경우가 허다하다. 아이들이나 집사람이 부르면, 어디에 숨어 있다가도, 냉큼 달려오는 녀석이 나만 오면 숨기에 바쁘다.

2년이 지나면서부터는 아이들은 토순이를 아예 토끼장에 가둘 생각들을 안 한다. 집사람도 이제는 아이들 편에 서서 아이들의 의견을 충분히 이해한다며, 토순이를 어린아이를 대하듯, 퇴근 후면 바로 토순이를 찾아

"오늘 하루 잘 놀았어. 보고 싶었다. 토순아"라며 쓰다듬어 주고 토순이와 대화하며 말벗이 되어간다. 난 빈말 삼아 나한테 그렇게 했으면 사랑받을 거라고 은근히 질투 어린 이야기해 보지만, 우리 딸 우리 딸 입버릇처럼 되뇌며 토순이에 대한 사랑은 깊어만 간다. 이젠 아예 밤이 되면 큰아이 작은 아

이 할 것 없이 방문을 빼죽이 토순이가 들어 올 수 있도록 열어 두고 자는 사태에 이르렀다.

특히, 토순이는 작은 아이를 좋아했는데, 작은 방에 살다시피 한다. 방문이 닫혀 있으면, 열어 달라 두 발로 긁고 하면서 난리가 난다. 작은 아이는 토순이를 끼고 자기도 한다. 안 봐도 뻔하지 않은가! 이불에 오줌을 싸고 온 방엔 토순이 지지에다 참으로 기가 막힐 노릇이다. 이불에 오줌을 싸면, 아무 군소리 없이 빨래하는 집사람이나 냄새나는 토순이를 데리고 자는 아이나, 도대체 이해가 되지 않는다. 작은 아이 침대는 토순이 오줌으로 얼룩져 버리기에 이른다. 이렇게 하루이틀 생활하다 보니, 이제 나도 서서히 적응되어간다. 아빠를 무서워하는 토순이는 큰방엔 발길을 좀처럼 두지 않는다. 문이 열려 들어 올라치면 눈치를 살피고, 소리를 버럭 질러대는 아빠의 고약스런 성질을 토순이의 머릿속엔, 무서운 아빠 나쁜 아빠쯤으로 담아두었나 보다. 그리고 나를 더욱 경악하게 했던 것은 토순이의 물어뜯는 습성이다. 방바닥이고 벽지고 소파고 할 것 없이 이빨로 물어뜯어 엉망으로 만든다는 것이다. 그리고 콘센트 전기선을 갉다가 합선이 되어 털이 까맣게 타기도 했었다. 천지도 모르는 참 고약한 딸을 기르는 셈이다.

여름 휴가철에 처가 집에 가는데 나 빼고는, 모두 토순이를 데려가야 한다는 것이 우리 집 정론이다. 어쩌겠는가! 집사람은 물론 아이들까지 성화니 따를 수밖에 없는 노릇이다. 처가에 가면 토순이 때문에 온 식구가 난리다. 처음엔 멋모르고 귀여워라. 하던 식구들도 똥이며 오줌이며 음식 만드는데 털 날리고 하니 얼마나 지저분하겠는가! 더욱이 집에서 애완견 키우는 것조차 질색하며 기르지 않는 처가인데 말이다. 토순이를 풀어놓으면 거실이며 주방이며 장인 방까지 드나들며 이불에 실례하는 가하면, 여기저기 들쑤시고 다니며, 이빨로 갉고 할퀴고 하여, 장인 장모님의 공포 대상이다. 도무지 이해가 가지 않는 장인 장모님 및 처가 식구들이다. 처가 집 식구들은 토순이가 옆에 올라치면 질겁을 한다. 해마다 휴가철이면, 토순이도 데리고 오냐고 걱정스레 물어보시곤 하고, 가끔 안부 전화를 하는 집안 친척들도 으레, 토순이는 아직 살아 있느냐고, 토순이의 안부를 당연시 묻곤 했다.

5년이란 시간 동안 이루 말할 수 없으리만큼, 사연도 많고 탈도 많았던 우리 딸 토순이다. 미운 정도 정이라 했던가? 나도 조금씩 정이 들어 토순이와 유대감이 쌓여갈 무렵, 초봄부터는 토순이는 사료든, 좋아하던 배추 잎이든 잘 먹지 않더니, 야위어간다. 집사람이 아카시아 잎이나 각종 채소, 사과 등 평소 좋아하던, 토순이의 먹거리를 잔뜩 준비해와 먹이려고, 온 정성을 쏟아도 토순이는 걱정하는 식구들의 마음을 아는지 모르는지, 시름시름 야위어 간다. 그러던 토순이는 결국, 오빠의 흐느낌 속에 눈을 감았다. 술자리를 파하고 허둥대며 귀가해보니, 집사람은 눈시울이 붉어져 있고, 대학생이 된 큰아들도 눈물을 훔치고 있다. 작은 아이는 죽은 토순이의 눈을 감기려 애쓰며 넋을 달래며 울고 있는 모습이 애처롭다. 축 늘어진 토순이를 보는 순간, 나도 그만 울컥 눈물이 돈다. 미운 정 고운 정이 자그마치 5년이란 시간을 함께한 토순이다. 그동안 알게 모르게 정이 깊이 들었다. 아이들은 생전 처음으로 사별을 경험해보았다. 두 아들의 마음은 그 얼마나 안타까울까 이해가 된다.

다음 날 아침 일찍 집사람과 나는 가까운 산을 찾아 우리 딸 토순이를 정성스레 묻어 주며, 좋은 곳에 잘 가라고 마지막 작별 인사를 했다. 토순이의 하얀 모습을 닮은 아카시아향이 그윽하고 찔레꽃 향이 곱게 피어 있는 어느 산 양지바른 곳에, 우리 막내딸 토순이를 묻어주었다. 토순이를 묻고 돌아오는 길에 이름 모를 산새들이 토순이의 넋인 양, 슬피 울며 "엄마 아빠 잘 가시라"고 말하는 듯하여, 집사람과 나의 두 눈가에는 눈물 가득 고여 있었다. 아직도 우리 집 어딘가에 토순이가 있다는 착각을 가끔 하곤 한다. 퇴근 후, 텅 빈 집안에 들어서면 어딘가에서 쪼르르 달려 나올 것만 같아 나도 모르게 "토순아" 하고 부른다. 내 마음이 이를진대, 아이들이나 집사람 마음은 오죽하랴. 요즘 많은 가정에서 애완용 동물을 기른다. 많은 정을 주며 함께 생활하는 반려동물이자 가족이다.

제5장
눈물

사람은 태어나면서 세상을 향해 울음을 터뜨립니다. 태어났으니 잘 보살펴 달라는 원초적 본능일까요? 아니면 태어나게 해줘서 감사하다는 첫인사를 건네는 것일까요? 아무튼, 사람은 누구나 태어나면서 울음을 터트리며 자기를 세상에 알립니다. 사람이 흘리는 눈물의 의미는 무엇일까요? 눈물은 사람의 순수한 감정표현이라 말하고 싶습니다. 오늘날을 살아가는 우리에게 눈물로 자기 심정을 이야기하라신다면 쏟아내고픈 눈물은 서너 말은 될 듯합니다. 그렇지만 눈물을 흘린다고 해서 복잡하게 뒤엉켜 사는 현대 사회의 굴레에서 일일이 그 눈물들을 닦아주기란 쉽지 않습니다. 개개인의 다양한 삶에는 속 눈물을 삼키며 살아가는 사람도, 피눈물을 흘리며 살아가는 사람도 있습니다. 눈물의 의미도 사람마다 다양합니다. 기뻐서 울고, 슬퍼서 울고, 그리고 감격해서, 아파서 울기도 합니다. 때로는 슬픈 영화나 그리운 사람이 보고 싶을 때 눈물이 납니다. 때때로 눈물을 흘리며 살아가는 것이 인생입니다.

눈물로 홍수 졌다는 말이 있습니다. 내 가슴에도 영원히 마르지 않는 눈물이 있습니다. 내 어릴 적 어머니께서 흘리시던 눈물입니다. 서울의 큰 병원에서 간 경화로 사망선고를 받으시고 마지막 생을 함께한 서너 달, 막내인 내 걱정으로 틈만 나시면 눈물로 말씀하시던, 어머니의 눈물을 잊을 수 없습니다. 어린 나이에 그런 말들이 듣기 싫어서 자리를 피하고 하였는데, 세월이 지나고 보니 가슴이 저립니다. 살아가면서 가끔 당신의 말이 생각날 거라 시던 어머니의 애달픈 눈물을 평생 잊을 수 없답니다. 내 가슴을 더욱이 아프게 하는 눈물은, 어머니 임종 시, 내 손을 잡으시며 흘리시던 어머니의 가여운 눈물은 아직도 내 가슴에 담겨 찰랑찰랑 물결칩니다. 이별의 슬픔만큼이나 무덥던 그해 여름날은 어머니의 눈물 속에 저물었지만, 어린 눈망울에 맺힌 눈물은 지천명이 지난 지금에서야 흘리고 있습니다. 사노라면 부모님이 돌아가셨을 때나 주위에 사랑하는 사람을 죽음을 대했을 때, 눈물이 나는 것은 사람의 본능이 일 겁니다. 다시는 볼 수 없는 이별은 참으로 가슴이 아픕니다. 어머니 모습이 불현듯 떠오를 때면 두 눈에 눈물이 앞을 가립니다. 울어도 울어도 슬픔은 쉽사리 가시지 않지요. 세상에서 가장 슬픈 눈물이 생과 사를 가르는 이별의 눈물이 아닐까 합니다. 누구나 살면서 잊으려야 잊을 수 없어 가슴에 담아 놓은 눈물이 항아리에 가득할 것입니다.

삶을 살면서 때때로 소리 내어 한 번쯤, 엉엉 울고 싶다는 생각을 누구나 했으리라 여겨집니다. 속 시원하도록 눈물을 쏟아내는 것도 건강에 도움을 준다 하네요. 눈물과 건강과의 상관 관계도 있다고 합니다. 감정이 작용해서 흘리는 눈물은 스트레스를 줄여주는 약이기도 하답니다. 스트레스는 성인병을 일으키는 주요 원인이라지요. 또한, 눈물은 우리 몸의 독성 물질을 제거하며, 심리적인 안정을 준다고도 합니다. 때에 따라서 흘리는 눈물은 몸과 마음을 치유한다고 하니, 먼 추억 속에 담아둔 그리운 얼굴을 불러내 가끔은 눈물을 흘려봄직도 합니다. 단, 너무 자주 울거나 이유 없이 울거나 하는 것은, 우울증 등의 병이니 병원에 가서 문의하는 게 좋습니다. 우리가 살아가는 데, 눈물은 필요 요소라는 건 이견이 없을 줄 압니다. 눈물은 감정의 표출입니다. 우리가 살아가면서 흘리는 저마다의 눈물 속에는, 수많은 사연의 이야기가 농축되어 있습니다.

제6장

어린 시절 소(牛)에 얽힌 추억

구제역으로 말미암아 소, 돼지가 살 처분되는 안타까운 광경에 가슴이 아리다. 농촌에서 유년기를 보냈는지라, 소는 가축이기 전에 식구나 다름없기에 소중히 여긴다. 내 고향 경북 울진군 근남면 성산동, 산이 병풍처럼 둘러싸여 있고, 50여 세대가 옹기종기 터를 이루며 법 없이도 살 법한, 인심 좋은 곳이었다. 어릴 적 기억 중에 빼놓을 수 없는 것이 있다면, 소(牛)에 얽힌 추억이다.

소(牛)는 여느 농촌에서도 마찬가지지만 각별한 가축이다. 재산 목록 1호이기도 하다. 자신은 굶어도 소에게는 여물을 먼저 주고 난 다음, 자신이 밥 먹는 것을 당연하다고 여겼다. 여느 집이나 다름이 없이 우리 집에서도 소를 키웠다. 쇠죽을 주시면서도 어머니께서는 자식 돌보듯 알 듯 말 듯 한 말로, 소와 대화하시는 걸 보고 자랐다. 봄이오면 농촌은 일 년 농사 준비에 분주하다. 논갈이 밭갈이에는 소를 이용하여 쟁기로 논, 밭을 갈아엎는다. 요즘은 농기계가 다양화되어 논, 밭갈이를 농기계를 이용하여 농사를 수월하게 짓지만, 예전에는 농가에서는 소를 이용하여 쟁기질하여 논, 밭갈이하고 손수레를 끌 때도 소를 이용하여 물건을 싣고 나르곤 하였다. 농촌에서의 소는 일꾼 중 상일꾼이었다.

초목이 무성해 질 무렵이면 동네 또래들과 어울려 산과 강으로 소에게 풀을 먹이러 간다. 방학 전에는 아버지 어머니가 동네 사람들과 공동으로 산에 소를 방목하여 놓으면, 방과 후에 산에 방목해 놓은 소를 찾으러 간다. 봄부터 가을까지 소 먹이는 계속된다. 우리 집 소는 당연히 내 담당이었다. 산에 방목해 놓은 소를 찾으러 가는 일을 "소 몰러 간다고" 우리는 표현했다. 소 몰러 조금 일찍 가는 날이면, 동네 개구쟁이들과 밀 서리, 콩 서리 감자, 고구마 서리를 하여 구워 먹으면, 입 주위가 굴뚝처럼 시커멓게 검정이 묻어난 모습을 보며 서로 깔깔거리며 웃곤 했었다. 나는 소 먹이러 가는 것과 소 몰러 가는 일이 정말 싫었다. 유별나게 남다른 우리 집 소 때문이다. 다른 소들은 어두워지면 알아서 내려와 고삐를 묶어 집으로 돌아오지만, 우리 소는 어두워도 내려오지를 않는다. 꼭 혼자 해 저문 산 위로 소를 찾는 번거로움이 있었기 때문이다.

어둠이 내린 산속을 어린아이가 혼자 올라간다면 요즘 아이들은 상상이 가려나 모르겠다. 소 몰러 가면 당연히 소를 찾아 몰고 와야 하는 것으로 여겼다. 소를 찾으러 어두워진

산 위로 올라가면서 귀를 기울인다. 멀리서 기척 소리가 들려오면 분명히 우리 소가 있다. 정신없이 풀을 뜯어 먹는 소의 위치를 찾아 소보다 위쪽으로 올라가 소가 아래로 내려가도록, 돌이나 나뭇가지를 이용하여 쫓아 내린다. 쫓아 내린다고 소가 알아서 내려오는 것도 아니다. 옆으로 가고 위로도 가는 소와 한참을 승강이를 벌이다 겨우 산밑으로 유도하여 소를 몰고 집으로 온다. 빈번하게 이러한 일이 많다 보니, 아버지를 졸라 워낭을 달아 주도록 말씀드려 목에 워낭을 매달아 놓았다. 그래야 어두워진 산중에서 워낭 소리를 듣고 소를 찾기가 수월하기 때문이다. 워낭을 달고부터는 소를 찾기가 조금은 수월했다. 컴컴한 산속에서 소를 쫓다 가시나 덤불에 걸려 피가 나기도 하고, 풀벌레 쏘이기도 하고, 나뭇가지에 걸려 때굴때굴 굴러 눈을 떠보면, 나뭇잎 사이로 쏟아져 내리는 밤하늘의 별은 소년의 마음을 아는지 모르는지 초롱이 내리고, 산 짐승 소리와 산새 소리에 겁도 나련마는 소년은 오로지 소를 찾아 집에 가야 한다는 일념밖에 없었기에 무서움 따윈 신경 쓸 겨를도 없었다.

어느 때는 소를 찾지도 못하고 털레털레 집에 돌아온 적도 있었다. 그러면 아버지와 형들이 소를 찾으러 나가곤 하였다. 새벽녘이나 되어서야 남의 산소에 앉아 있는 소를 몰고 오시기도 하였다. 어린 기억에 소를 잃어버리면 소는 꼭, 산소는 주변에서 앉아 있었던 기억이 있다. 어느 때는 아버지도 찾지 못하고 빈손으로 돌아올 때도 있었다. 그러면 새벽녘에 자기

집이라고 혼자서 외양간에 들어와 있기도 하였던 말썽꾸러기 소였다. 때때로 산에 풀어놓은 우리 소는 해저 물기 전 아직 때 이른 시간인데도 내려와 남의 밭을 헤집고 다니며, 곡식을 뜯어 먹는 일이 빈번히 발생하였다. 또래들과 어울려 공기놀이도 하고 정신없이 놀고 있는데, 저 멀리서 온 동네가 떠나갈 듯이

"소 봐라." "소 봐라." 하는 소리가 메아리로 울리면, 가슴이 덜컹 내려앉는다. 십중팔구는 우리 소가 남의 밭을 휘젓고 있기 때문이다. "네 이놈 뭐 했길래, 소가 밭에 내려오는 것도 모르고 놀고 있어."

동네 어른들께 꿀밤도 여러 차례 얻어맞았다. 유난히 별난 우리 집 소가 나는 정말 싫었다. 송아지를 낳으면 집에 두고 온 송아지가 애가 쓰였는지 해가 저물기도 전, 혼자서 집으로 돌아와 송아지에게 젖 물리기도 했다. 송아지가 커서 읍내 장터에 아버지께서 팔고 오는 날은, 어미 소는 송아지를 찾아 밤새도록 목쉰 울음이 가랑가랑하게 밤하늘에 울려 퍼질 때, 소년도 잠결에 함께 울었다.

그러던 우리 집 소가 중학교 때 누나 결혼 자금을 궁리하시던 아버지께서 소를 팔기로 하셨다. 도축장으로 끌려 갈 거란, 아버지의 말씀에 가슴이 철렁 내려앉았었다. 장터로 팔려 가던 날, 나는 "잘 가거라"하고 작별 인사를 했다. 어머니는 소가 읍내 장터로 팔려 가던 날 아침, 평소보다 많은 쇠죽을 정성껏 끓여주고

“많이 먹고 잘 가거라” 하시며 소머리를 쓸어 줄 때, 큰 두 눈망울에서 눈물이 흘러내리는 것을 보았다. 평소 쇠죽을 끓여주면 죽통을 깔끔히 비우던 소였지만, 여물을 먹는 둥 마는 둥 하고 집을 나설 때, 어머니도 울고 나도 울고 소도 음매 하고 울던 기억이 또렷이 남아있다. 동구 밖까지 울며 가던, 우리 소 울음소리가 아직도 귓전에 맴돈다. 두 눈망울에 흘러내리던 소의 눈물을 난 잊을 수 없다. 요즘은 일반 농가에서는 소를 키우는 집이 드문 것으로 안다. 예전엔 겨울이면 볏짚, 쌀뜨물 등을 가마솥에 넣고 아궁이에 불을 때어 쇠죽을 끓이던 그 시절이 그립다. 봄부터 초가을까지 동네 소들을 산에 방목하여 놓고 놀던 동무들도 그립다. 이제 소먹이 하던 날들은 아득한 옛이야기 전설 속으로 사라진 현실이 안타까움을 넘어 아프다.

제7장

까치와 초보 농사꾼 이야기

태양보다 더 달아오른 빨간 고추가 탐스레 익어 더위가 콧속까지 강렬하게 밀려든다. 푹푹 찌는 무더운 날, 고추밭 고랑에서 고추 따기란, 고추보다도 더 맵고 힘든 일이다. 멋모르고 심은 고추포기가 천 포기가 되다 보니, 따고 돌아서면 또다시, 고추밭이 빨간 주단을 깔아 놓은듯하다. 무더위에도 아랑곳하지 않고, 오늘도 빨간 고추 수확이 한창이다. 일어났다, 앉았다, 하면서 땀은 등줄기를 타고 비 오듯 하지만, 그래도 자루에 차곡차곡 채워져 가는 붉은 고추 자루를 보면서 마음은 부자인듯하여, 힘든 줄을 모르고, 시간이 가는 줄도 모르고, 고추 따기에 여념이 없다 보면 어느새, 해는 뉘엿뉘엿 서산에 걸려있다. 그 날도 일을 마무리할 즈음, 고구마밭 건너 땅콩밭에서 까치 우짖는 소리로 떠들썩하다 못해 요란하다. 열다섯 마리 남짓이 밭 주위를 맴돌며 앉았다, 날아올랐다, 난리가 났다. 무슨 일인가 싶어 땅콩밭으로 향했다. 까치들은 발악하듯이 울부짖는다. 어둑어둑해진 저녁, 땅콩 밭

고랑에 들어서니, 까치의 접근을 방지하려 덮어 놓은 그물에 까치 한 마리가, 그물에 다리가 걸려 파드닥파드닥 발버둥을 치고 있었다. 요것 봐라. 너 잘 걸려들었다. 싶어 회심의 웃음이 절로 나왔다. 일 년 전, 첫해 까치와의 악연에 만감이 교차한다. 까치와 초보 농사꾼의 이야기를 해보려 한다.

작년, 첫 농사를 시작한 초보 농사꾼은 봄에 파종 시기에 맞추어, 당차게 옥수수와 콩을 심었다. 고랑을 내어 검정비닐을 덮어씌우고, 구멍을 내어 옥수수와 검은콩(서리태), 흰콩을 심었다. 그런데 신기한 일이 벌어졌다. 옥수수와 콩 씨앗이 싹을 움터 자라나면, 누가 뽑은 듯이 모조리 뽑혀있는 것이 아닌가? 알고 보니 이는 영악한 까치가 뿌리 밑에 원곡이 있다는 것을 알고, 부리로 뽑아 원곡을 쪼아 먹는 것이었다. 그뿐이랴, 콩도 모조리 뽑아 놓아, 며칠을 땀 흘려 일한 고생도 허사였다. 허탈감은 이루 말할 수 없었지만, 그렇다고 손 놓고 있을 수만은 없었다. 처남이 어디서 듣고 왔는지, 콩을 심고, 그 위에 일회용 종이컵을 씌우고, 조그마한 돌을 얹어 놓으면, 까치로부터의 손실을 막을 수 있다는 이야기를 듣고 와, 초보 농사꾼은 순진하게 밭고랑에 콩을 서너 알씩 심은 다음, 일회용 종이컵을 덮고, 작은 돌로 종이컵 위에 얹어가며, 하루에 걸쳐 콩을 파종해 놓았다. 그런데 이 무슨 변고란 말인가? 며칠이 지나 밭에 와 보니, 종이컵은 하나같이 나뒹굴고 있고, 파종한 콩 새순이 나올라치면, 모조리 부리로 쪼아 뽑아 먹어, 밭이 일회용 컵으로 하얗다. 부리로 일회용 컵을 쳐 넘어뜨린 후, 콩을 죄다 먹어 치운 것이다. 우리 밭은 까치들을 위한 잔칫상이었다. 까치들은 순진한 초보 농사꾼이 자기를 위해 만찬을 차려 놓은 것으로 생각했으리라. 급기야는 산비둘기까지 합세하여 만찬을 즐기니, 기가 찰 노릇이었다. 하는 수 없이, 콩을 심기로 한 그 자리에 들깨를 심을 수밖에 없었다. 그리고 그뿐 아니라, 모종으로 심어 기른 옥수수도 여름 무렵, 알이 배일쯤이면, 영특하리만큼 남김없이 쪼아 먹고, 수수가 알이 배일 때면, 수수 대롱에 앉아 껍질은 놔둔 채, 알만 빼먹는 얌체 까치였다. 일일이 수수에 그물을 모두 덮을 수도 없고, 첫해 초보 농사꾼은 까치 좋은 일만 해 준 꼴이 되었다.

아침저녁으로 밭에 내려앉은 까치 수가, 무려 오십여 마리나 무리를 지어 다닌다. 곡식에 해를 주는 유충과 같은 벌레를 잡아먹는 것도 아니고, 사람이 힘들여 심어 놓은 농작물 새순이나 땀 흘려 지어놓은 곡식을 먹어 치우니, 사람에게 유해한 새임이 틀림없다. 어찌, 우리만의 일이겠는가? 우리 농민들의 피해가 이만저만 하리라. 짐작 코도 남는다. 아무튼, 첫 농사 초보 농사꾼과 까치와의 전쟁에서, 초보 농사꾼이 대패했다. 그래서 올해는 비닐하우스에서 모종을 내어 심어, 그나마 피해를 줄일 수 있었지만, 옥수수는 알이 맺힐 때쯤이면 피해를 막을 수도 없었다. 까치가 지능이 높은 조류임을 실감했다.

우리나라에서는 예로부터 아침에 까치 우는 소리는 반가운 소식을 전해준다 하여, 까치를 길조로 여겼었다. 하지만, 근래에 와서는 해로운 조수로 분류되어 전국적으로, 까치 퇴치 사업이 전개되는 안타까운 상황에 이러렀다. 농민뿐만 아니라, 전신주에 금속물을 물어다 집을 짓는 바람에, 전기 누전을 일으키는 심각한 현상을 일으킨다. 앞으로도 우리 사회에 미치는 문제점이 더할 것으로 보인다. 우리 땅콩밭 그물에 걸린 까치를 보며 죽여야 하나 살려줘야 하나를 잠시 잠깐 망설였다. 여러 까치가 보는 앞에서 본때를 보여 줬으니, 처남도 까치를 살려 주자 한다. 원수 같은 까치지만, 차마 죽일 수는 없었다. 처남이 그물에 걸린 까치 발을 풀어 까치를 놓아주었다. 미물인 까치를 원망해본들 무슨 소용이던가! 그들도 살아남기 위한 수단인 것을 어쩌랴. 파종하는 봄철부터 가을 추수철까지, 아침이나 저녁에 우리 밭 주위엔 까치가 떼를 지어 찾아든다. 협상마저 할 수 없는 까치와의 휴전 없는 전쟁은 오늘도 한창 진행 중이다.

제8장
무단 거주자 내쫓기

우리 집 아파트 큰아이 방 앞, 베란다 에어컨 실외기 안쪽에, 주인의 허락 없이 숨어 사는 무단 거주자 가족의 정체를 어느 날 우연히 알게 되었습니다. 다른 집에 비해 우리 집 베란다에는, 거실과 큰방 실외기 에다 큰아이 방 실외기가 아래위로 이중으로 놓여 있어, 비둘기 가족이 숨어 살기에는 안성맞춤이 아니었나 생각 듭니다. 처음에는 신기하기도 하고, 옛말에 날짐승이 집에 찾아들면 복이 들어 온다고 하여, 내치지 않는다는 말을 자라면서 어렴풋이 들은 기억이 있기에 내심 좋아라, 반기기까지 했습니다. 어느 날 우리 집 베란다 에어컨 실외기 안쪽에도 비둘기의 하얀 알 두 개가, 나뭇가지로 엉성하게 만든 둥지 안에 놓은 것을 보았습니다. 암수가 번갈아 가며 20여 일을 품는가 싶더니, 비둘기 새끼 두 마리가 알을 깨고 나와 있는 것을 보고 신기했습니다. 처음 안 사실이지만, 비둘기는 모유로 새끼를 기른다고 합니다. 새끼는 어미의 모이주머니 안쪽 벽에서 분비되는 즙(젖)을 먹여 기릅니다.

여느 어미나 새끼를 보호하려는 모성애는 같은가 봅니다. 비둘기 부부도 혹시나 자기 새끼를 해하지 않을까 무척 경계합니다. 비둘기의 수명은 10~20년 정도라 하며, 암수가 한 쌍이 되어 살아간다 합니다. 아무튼, 간에 비둘기와 우리와 동거를 한 지도 5년이 되었습니다. 우리 아이들은 간간이 비둘기에게 모이를 주기도 했나 봅니다.

이제는 우리 아파트 단지 내, 우리 집뿐 아니라, 여러 집이 비둘기의 막무가내식 점령지가 되고 있어, 큰 문제가 되고 있습니다. 겨울철이면 몰라도 여름철에 배란다 창문을 열어 놓고 생활하는 경우가 많습니다. 베란다 난간에 비둘기 배설물과 방충망에 비둘기 털이 붙어있고, 특히 휴일 이른 아침 날개를 푸드덕거리며 구구국 구구국 하는, 비둘기 특유의 울음소리에 잠을 설치는 경우도 많습니다. 아랫집에 비둘기 배설물이 떨어져 이웃 간에도 실랑이가 생기는 경우도 종종 있습니다. 날이 갈수록 배설물이 쌓이고 어지간한 골칫거리가 아닙니다. 문제의 심각성은 더해 아파트 관리실에서도 나서기에 이르렀습니다. 관리사무실에서는 비둘기에게 먹이를 주지 말라고 집집에 방송까지 하고, 비둘기 퇴치 방법까지 공론화하기에 이르렀습니다. 어느 집은 청소업체를 불러 청소하는 것도 보았습니다. 우리 집도 베란다에 바람개비를 꽂아 두어 보기도 하고, 매번 비둘기를 쫒아내지만, 사람을 무서워 조차 하지 않는 것 같습니다. 비둘기 서식과 배설물과의 전쟁이 우리 집도 예외일 순 없었습니다. 실외기 안쪽을 살펴보니, 5년

동안 방치한 비둘기 배설물이 6센티는 되어 보입니다. 에어컨을 켜면 실외기 바람으로 날릴 배설물 분진들을 생각할 때, 아찔하기까지 합니다. 건강에도 치명적이겠다 싶어 하루속히 해결해야겠다는 생각이 절로 납니다. 비가 내리는 날 아파트 동, 전체 물청소 공고가 붙어 있었지만, 우리는 맞벌이 관계로 평일은 엄두를 내지 못했습니다.

벼루고 벼루다가 큰마음 먹고 여름 휴가를 맞아 집 인테리어를 바꾸기로 한 올여름, 우리 집도 비둘기 퇴치 작전에 들어갔습니다. 6센티나 쌓인 비둘기 배설물은 콘크리트같이 단단했습니다. 아들 둘과 함께 궁리를 짜내다, 알루미늄 밀대대를 부숴 밀대 끝을 망치로 때려 날카롭게 한 다음, 망치로 밀대 자루 뒤를 쳐가며 콘크리트를 깨부수듯, 비둘기 배설물 제거에 돌입했습니다. 행여나 아랫집에 떨어질까 싶어, 회사에서 큰 청소기를 빌려와 흡입해가면서 말입니다. 두어 시간은 족히 걸려 말끔히 비둘기 배설물을 청소할 수 있었습니다. 5년 동안 쌓인 비둘기 배설물이 얼마나 많던지, 큰 청소기로 빨아들이다, 세 번씩이나 아파트 화단으로 내려가 청소기를 비워 내야만 했습니다. 무더웠던 올여름, 비둘기 배설물 청소로 세 부자는 땀으로 범벅이 되었지만, 그래도 깨끗해진 베란다 실외기 뒤를 보니, 오 년 묵은 체증이 내려가는 것 같았습니다.

이제 청소까지는 말끔히 했는데, 그다음이 문제였습니다.

비둘기는 귀소본능이 강해, 한번 서식지로 삼은 곳을 좀처럼 떠나지 않는 습성이 강하다는 것입니다. 큰 아이가 스마트폰으로 비둘기 퇴치 방법을 검색하더니 알려 줍니다. 첫째 베란다 난간에 케이블 타이를 끝이 하늘 방향으로 일정 간격으로 묶어 놓는다. 둘째 비둘기가 싫어하는 나프탈렌을 뿌려 둔다. 셋째 바람개비를 꽂아두거나 CD 등을 놓아둔다. 넷째 평평하지 않도록 해야 한다. 등을 알려 줍니다. 비둘기가 앉거나 날아오를 때 날개를 펴야 하므로, 케이블 타이 바람개비 등이 있으면, 본능적으로 날개를 보호하려는 습성을 이용하여 안전한 장소가 아닌, 위험 장소라는 것을 인식하도록 하는 것이었습니다. 나는 궁리 끝에 세탁을 맡기면 딸려오는, 일회용 옷걸이를 최대한 울퉁불퉁하게 구부려 비둘기가 앉지 못하도록, 에어컨 실외기 뒤, 비둘기가 찾는 곳에 많이 놓아두었습니다. 일회용 옷걸이를 20개 이상은 구부려 넣었습니다. 기존에 있던 바람개비도 최대한 실외기에 붙여 달아 놓았습니다. 그리고 난간에 케이블 타이를 끝이 하늘 방향으로 일정 간격으로 묶어 놓았습니다. 그 이후 며칠 동안 비둘기가 찾아와, 구구국 구구국 울며 서성이더니, 이젠 단념했나 뜸해진 거 같습니다. 아직 속단하기에는 이릅니다. 다른 집 베란다에는 아직도 비둘기가 여전히 보입니다.

우리가 사는 도심에서 흔하게 볼 수 있는 새 중의 하나가 비둘기입니다. 우리는 비둘기를 평화를 상징하는 새로 알고 있지요. 전쟁에서 비둘기가 이용되면서 그렇다고 합니다. 그런 이유로 큰 행사에서 평화의 상징인 비둘기를 날려 보내는 것이 관례화되었지요. 하지만, 언제부터인가 비둘기는 사회적 문제가 되고 있다는 뉴스를 종종 접하고 있습니다. 2009년 환경부는 비둘기를 유해 동물로 지정했으며 이제는, 평화의 상징이 아닌 사회적 골칫덩어리입니다. 특히 비둘기 배설물은 병원체가 각종 전염병을 일으킨다는 보도가 있었습니다. 더군다나 겨울철마다 발생하는 조류인플루엔자(Avian Influenza)도 철새의 배설물에서 전염된다고 하니, 더더욱 민감할 수밖에 없습니다. 비둘기의 급격한 개체 수 증가로 우리 주변에 적잖은 민폐를 끼치고 나아가 사회적 문제가 되는 실정입니다.

제9장
찔레꽃

내 고향 5월이면 찔레꽃이 산들에 피어나지요. 찔레꽃 필 무렵이면 향기가 온 마을에 진동했던 기억이 납니다. 하얀 찔레꽃이 필 때, 바람결에 실려 오던 풋풋한 향기는, 하늘에서 풍기는 어머니 젖 내음 같습니다. 찔레꽃을 보고 있노라면, 아린 듯하면서도 포근하게 가슴에 담겨옵니다. 우리 어머니들의 한 많은 삶이 서럽게 비취어지는 꽃입니다. 하얀 꽃잎에 노란 꽃술이 우리 민족의 애환이 담긴 향기 같습니다. 하얀 찔레꽃잎이 바람에 날리는 날이면, 먼 하늘 아른거리는 바람에 울 어머니 흰 치마저고리 곱게 꽃단장하시고, 사뿐히 나들이 오시듯 가슴이 울렁입니다. 어릴 때 찔레 줄기 순을 꺾어 먹던, 그 맛을 잊을 수 없답니다. 봄의 속살같이 씁쓸하면서도, 달짝지근한 그 맛을 잊을 수 없습니다. 찔레꽃은 양지바른 야산이나 계곡 등에 피어나는 우리나라 꽃이지요. 봄밤에 서러운 찔레 사연이 소쩍새 울음에 담겨 피어나는, 찔레꽃 사연을 들으니 더욱 애틋합니다.

구전으로 전해오는 설화에는 찔레는 여자였다고 합니다. 고려 때, 매년 몽골에 처녀를 바치는 관례가 있었는데, 아마 찔레도 그중 한 사람이었다고 합니다. 몽골의 찔레의 주인은 심성이 착한 찔레를 어여삐 여겨 수양딸로 삼았다고 합니다. 찔레의 생활은 그나마 고려에 있을 때보다는 호화로웠으나, 찔레는 그리운 고향과 부모와 동생들 생각을 지울 수가 없었납니다. 향수병으로 눈물이 마를 날이 없었던 찔레는, 가난해도 고향이 좋고, 지위가 낮아도 부모 형제가 좋고, 남루한 옷을 입어도 내 가족과 얼굴을 맞대며 사는 것이 좋았을 찔레였겠지요. 찔레의 향수는 무엇으로도 달랠 수가 없어 눈물로 지새우던 어느 날, 찔레를 가엾게 여긴 주인은 사람을 보내, 찔레의 가족을 찾아오라 했으나, 찾지 못하고 그냥 돌아왔답니다. 낙담한 찔레는 눈물로 지새는 나날이 계속되자, 주인은 딱히 도리가 없어 가족을 찾으라고 찔레를 고향으로 보내 주었답니다. 고려의 고향 집에 도착한 찔레는 부모와 동생의 이름을 불렀지만, 집은 폐허가 되어 있었고, 찔레는 방방곡곡을 부모 형제를 찾아 산천을 누렸지만, 그리운 가족을 끝내 찾지 못했답니다. 크나큰 슬픔에 잠긴 찔레는, 부모와 동생을 찾아 헤매다, 가엽게도 죽었다고 합니다. 찔레가 방방곡곡 찾아다닌 곳마다, 찔레꽃으로 피어난다는 이야기입니다. 찔레꽃은 우리나라 어디를 가도 쉽게 접할 수 있는 꽃이지요.

찔레꽃은 꽃잎이 마르면서 내뿜는 특유의 향기는 더욱 진합니다. 장미과에 속하는 찔레꽃은, 꽃의 아름다움보다는,

우리 겨레의 마음같이 수수하게 다가옵니다. 민족의 애환이 서려 있는 꽃으로 꽃말도 “가족에 대한 그리움”이라 합니다. 순박한 찔레꽃 향기에 심취해 그리운 어머니가 생각나는 까닭은 무엇인지 모르겠습니다. 우리의 산하 어디에서나 흔히 볼 수 있는 찔레 넝쿨입니다. 보면 볼수록 참으로 정감이 가는 우리의 꽃 같은 느낌을 지울 수가 없습니다. 꽃잎도 우리 민족을 상징하는 하얀 색이고, 향기도 어떤 꽃에 비해 특유의 개성이 묻어나고 진합니다. 인터넷 사이트 다음 ‘웹서핑(web surfing)’에서 찔레꽃 사연을 우연히 접하고 나서 더욱이 정감이 가는 꽃입니다. 오늘 하루 찔레꽃 향에 흠씬 취해 불러도 불러도 대답 없을 어머니를 불러보는 하루였습니다.

제10장
금연

우리나라 담배의 발원은 찾으라면 호랑이 담배 피우던 시절로 거슬러 올라갈 것이다. 어릴 적 즐겨 듣던 할머니의 옛날이야기 속에는 옛날옛날 아주 먼 옛날 호랑이 담배 피우던 시절로 시작되었다. 그만큼 담배는 우리에게 친숙한 단어이다. 어릴 때부터 할아버지와 아버지가 담배를 피우는 모습을 보고 자라났다. 자연스레 담배에 대한 악감정도 없이 20대부터 무단히 피워온 담배가 30년이나 된다. 애연가 중의 한 사람으로 아무 거리낌 없이, 담배를 피우는 습관은 하루에 한 갑 이상, 두 갑을 피우는 날도 종종 있었다. 담배가 떨어지면, 괜히 불안해지고 항상 미리 준비해야만, 안심이 되곤 하였다. 일명 골초였던 셈이다. 몇 년 전부터 내심 마음을 다잡아 먹고 금연을 시도했건만, 번번이 유혹의 달콤한 손길을 쉽사리 뿌리치지 못했었다. 금연에 좌절을 겪은 것이 수차례 나 된다. 날이 더할수록 집사람과 두 아들의 성화에 못 이겨, 올초에 또다시 야심 차게 작심을 하고, 계획적으로 금연을 시작해, 지금까지는 잘 참고 있다. 쉽사리 배운 담배가 이렇게 끊기 어려운 마약이라는걸, 몸서리치도록 실감을 한다. 담배를 쉽사리 끊지 못하는 이유는 금단증상이다. 담배 속에 들어있는 니코틴 때문에 담배를 쉽게 끊지 못하는 것인데, 니코틴이 중독을 일으키는 마약이라는 증거이기도 하다. 2015년 정부의 담뱃값 인상으로 일시적인 현상으로 줄어들었던, 흡연자 인구가 작금에 와서는 다시 원위치에 다다른다고 한다. 담뱃값 인상으로 금연을 유도해, 국민의 건강을 책임진다던, 복지부의 정책은 한때 반짝 현상에 그쳤다. 담배를 끊으려는 사람이 늘어나고, 금연에 성공한 사람 또한 늘어난 게 사실이긴 하지만, 금연을 성공한 사람보다는, 중도에 포기하는 사람이 많다는 게 문제다.

십오 년 전만 해도 아무런 거리낌 없이 길거리에서 담배를 버젓이 피우거나, 물고 다니는 사람을 흔히 볼 수 있었다. 그리고 집안에서는 물론이고, 회사 사무실 책상 위에도 재떨이가 마땅히 자리 잡고 있었다. 예전에는 비행기나 고속버스 좌석에도 재떨이가 달려 있었다. 흡연석, 비흡연석으로 좌석 표시가 되어있긴 했지만, 그 당시 담배는 기호식품 정도로 사회가 받아들였었다. "식후 연초는 불로초"라며 애연가 사이에서 애써 담배가 몸에 나쁘지 않다고 자위하며, 빗댄 말을 입버릇처럼 한 적도 있었다. 담배에 대한 우리 사회의 경각심은 담배가 만병의 근원이라는 인식이 각종 매체를 통해 그리고 사람의 입으로 차차 전해지면서, 급속도로 사회적으로 건강에 대한 관심이 고조 되면서, 흡연 족은 설 자리를 잃었다. 간접흡연이 몸에 더 나쁘다 하여, 비흡연자들의 싸늘한 눈초리도 이제는 매섭다. 삽시간에 변화한 사회적 인식은 흡연자의 입지를 줄이고 있다. 어디를 가도 대접받지 못하는 것이 흡연자들이다. 흡연장소도 이제는 찾기조차 어려울 만큼 줄어들었다. 담배로 인한 이웃 간 마찰도 잦아 눈살을 찌푸리게 한다. 겨울철을 제외하고는, 보통 아파트 베란다 창문을 열어 놓는다. 아파트 아래층에서 담배를 피우면 윗집에 담배 연기가 위층에서 문제를 제기하면 이것이 결국은 이웃 간에도 분쟁이 일어난다. 그 이외에도 우리나라는 식당이나 유흥장소에서도 금연을 법제화해 애연가들은 설 곳을 잃어가고 있다. 어디가 하소연을 해본들 응석 꾼 취급이나 받기 일쑤다. 길모퉁이에 몰래 숨어서 피우는 애연가들이 처량해 보인다.

요즘 TV에 금연광고는 섬뜩하다. "흡연은 질병입니다. 치료는 금연입니다."로 시작해 "후두암 1밀리 주세요." "폐암 하나 주세요." 등 듣기에도 오싹한 용어들이 금연 광고로 방영된다. 그리고 앞으로는 담뱃갑에도 담배로 인해 발생할 수 있는, 각종 혐오스러운 사진이 실린다 한다. 담배 연기 속에는 4천 여종의 독성 화학물질이 있고, 43종의 발암물질이 있다고, 세계 보건기구(WHO)가 밝힌 바 있다. 담배의 흡연이 건강에 나쁘다는 유해 사항을 일일이 열거하자면, 지면이 모자랄 것이다. 그리고 이미 많은 이들이 알고 있기에, 간접피해마저 피하려 흡연자를 멀리한다. 담배 흡연으로 우리나라에서는, 연간 3만 명이 사망한다고 한다. 이러한 사회적 추세를 반영이라도 하듯 금연 하는 사람들이 많이 늘어났다. 금연을 결심하였다면 절반은 성공했다는 말이 있다. 나머지 절반의 성공을 위해 지역 보건소에서 금연치료 프로그램인, 금연 클리닉을 운영해, 금연참여를 유도한다. 정부도 공격적으로 금연정책을 올해부터 시행하여, 병원에서도 금연을 원하는 흡연자를 등록을 받아, 금연에 드는 비용을 정부가 보조하는 정부지원 프로그램도 있다. 금연을 바라는 사람이라면, 한번 이용해 금연에 꼭 성공하기를 빌어본다. 금연보조 제품이 금연에 도움은 상당히 되겠지만, 무엇보다 중요한 것은, 본인의 의지에 달려있다.

담배를 끊는 사람을 "상종 못 할 사람"이라고 우스개 삼아 말을 한다. 맞는 말이다. 그만큼 독하게 마음먹어야 담배를 끊는다. 그만큼의 불굴의 의지가 있어야, 담배의 유혹에서 이겨낼 수 있는 강인한 인내심이 생긴다. 요즘 친구들과의 모임 자리에 나가봐도, 담배를 끊은 사람이 확연히 줄었다는 것을 알 수 있다. 자신의 건강뿐 아니라, 주위의 건강을 위해서도, 금연하는 것이 바람직한 현상이라 여긴다. 담배를 끊은 후에야 담배 냄새가 그렇게 독하다는 것을 알았다. 피우는 흡연자 본인은 몰라도 비흡연자에게는 담배 냄새가 역겨운 정도가 아니라 엄청난 고통이라는 것을, 금연 후에야 비로소 알았다. 담배를 피울 때, 나만 몰랐던 역겨운 악취는 비흡연자인, 가족과 지인들에게, 그동안 얼마나 큰 피해를 주었을까 생각하니, 미안해진다. 흡연하는 애연가는 자신의 흡연이 삼자에게도 직간접으로, 막대한 불편을 준다는 것을 명심해야 할 것이다. 금연 광고가 주는 의미가 가슴을 친다. "흡연은 질병입니다. 치료는 금연입니다." 흡연자에게 지금 바로 치료를 받으시라 권하고 싶다. 지금 나는 치료 중이다.

제2부 고향의 빈 뜰

세월을 따라 모두가 떠나간다. 고향을 찾으면 언제나 따스하게 반겨주시는 몇 분 안 남은 고마운 분들을 뵙는다. 이제 몇 번이나 더, 반겨주실까 생각해보면 가슴이 아려온다.

제1장
고향의 빈 뜰

고향은 누구에게나 어머니 품속 같은 마음의 보금자리다. 태어나고 자라난 곳이며, 정겨운 얼굴들이 가슴속에 숨 쉬는 땅이다. 고향 산천을 가슴에 품으며, 향수에 젖어 살아가는 것이 사람일 것이다. 미물인 여우도 죽을 때가 되면 자기가 살던 곳을 향해 죽는다고 한다. 그리고 연어는 자기가 태어난 강으로 돌아와 알을 낳고 죽는다. 동물의 귀소본능은 매한가지 인가보다. 고향은 누구에게나 마음의 안식처이다. 내 가슴에 담겨있는 고향산천은 그대로인데, 세월이 휩쓸고 가버린 얼굴들을 떠올릴 때면, 가슴이 막힌 듯이 저민다. 기다려주는 이, 아무도 없는 고향을 생각할 때면, 형용할 수 없는 아픔으로 억장이 무너져 내린다. 고향을 찾을 때마다 반갑게 맞아주던 정겨운 얼굴들이 하나둘 사라지고, 고향 마을의 주인 잃은 빈집들도 하나둘 을씨년스레 세월에 묻혀가는 슬픈 현실이 아프다.

고향 까마귀만 봐도 반갑다는 말이 있다. 고향 분들을 대할 때면, 마음을 한없이 의지하며 편안함을 느낀다. 누구네 집 아들, 누구 조카, 누구 형, 동생을 짚어가며 가물거리는 기억을 하나라도 더 들춰내 반가움을 표한다. 예전에는 상(喪)을 당하면 집에서 일일이 상을 치르곤 했는데, 세상의 변화로 언제부턴가 고향 분들이 상을 당해 조문을 가더라도, 읍내에 있는 장례식장에서 상을 치러, 지척에 있는 고향 마을에도 들리지 못하고 올라오곤 한다. 부모님이 살고 있지 않은 고향은, 추수가 끝난, 허허로운 들판에 홀로 서 있는 것 같다. 언제부턴가 명절에 고향 가는 사람을 보면 부러움의 대상이 된다. 고향을 떠나온 지도 30년의 세월이 흘렀다. 그사이 고향에도 많은 변화가 생겼다. 이제 고향 마을을 밟는 것이라야 고작, 한 해에 한 번, 벌초 시기에 찾는 것이 전부다. 고향을 찾을 때마다 나날이 줄어가는 고향 어르신들과 고향 마을 빈집들만이 덩그러니 남겨져 있어, 난데없이 불어오는 바람이 가슴을 싸늘하게 한다.

세월을 따라 모두가 떠나간다. 고향을 찾으면 언제나 따스하게 반겨주시는, 몇 분 안 남은 고마운 분들을 뵙는다. 이제 몇 해나 더, 반겨주실까 생각해보면 가슴이 아려온다. 의지하며 살던, 건넛집 감나무 집 할매가 어느 날, 세상을 떠나고 말았다는 말을 전하며, 눈시울 붉히던 길동 할매의 애처롭고 구슬픈 눈물이 한없이 처량하여 가슴을 울린다. 여느 농촌에서나 마찬가지이지만, 내 고향에도 젊은 사람보다는 나이 들어 홀로 사시는 연로한 늙은 분들이 많다. 앞으로도 늘어날 것이다. 자식들은 객지로 떠나보내고, 인생 반려자마저 먼저 세상을 떠나 보낸 후, 외로이 노후를 맞는 모습이 가엽고 처량해 보인다. 그리고 가슴을 애처롭게 만드는 것은, 고향 마을의 스러져가는 빈집들이다. 아무리 깨끗하던 집도 사람이 기거하지 않고, 사람의 손길 발길이 없으면, 금세 허물어버린다. 그나마 내 고향 집은 친척이 들어와 살고 있어, 다행히 보존할 수 있다는 것만으로 큰 위안을 얻는다. 고향 집 담장 너머로 주인 잃은, 텅 빈집마당에 자라난, 잡초 속에 피어난 나팔꽃은 허물어진 담장에 몸을 기댄 채, 기우뚱 고개를 내밀고 누구를 하염없이 기다린듯하다. 헛간은 반쯤 드러누워, 위태롭게 세월을 받쳐 들기에 바쁘고, 난간과 마루가 내려앉아 주인 없이 버텨온, 세월의 무게가 버거워 무너질듯하다. 손때가 묻은 농기구는 바깥주인의 부지런한 자취를 거둬 녹슬어 가고, 가지런히 놓인 장독대는 안주인의 정갈한 마음씨가 햇살에 얼비친다. 마당 한쪽에 봉숭아와 목 백일홍은 피어나 주인 잃은 빈집을 밝히고 있다. 뒤돌아서려니 귓전에 아무개야 하고 부르는 환청이 들리는듯하다.

고향을 떠나 객지에서 터를 잡고 살다가 나이가 들면, 고향으로 내려가 산다는 사람이 많다. 그래서일까? 고향의 빈집 땅을 팔라고 간청해도 한사코 잡고 있는 사람이 많다고 한다. 집이야 허물어져도 마음속에 담은 고향의 끈을 놓고 싶지 않기 때문일 것이다. 자신의 뿌리를 굳건히 지키고 싶은 마음일 것이다. 그 마음이야 충분히 이해가 되는 바지만, 오래된 빈 집은 철거해야 좋을 것 같다. 어느 농촌 마을이나 듬성듬성 늘어나는 빈집들이 많다. 미관상 좋지 않을뿐더러 주민들의 고충도 많아 지자체(地自體)에서도 빈집 철거 사업에 적극적이라 한다. 철거 비용도 일부 지원된다고 한다. 허물어져 가는 집들이 하루속히 철거되기를 간절히 소원해본다.

아이들의 우는 소리와 웃는 소리가 집집이 들리고, 고향 사람들의 넉넉한 인심이 담긴 덕담에 웃음소리가 고향 뜰을 가득 메우던 시절이 그립다. 동이 트기 무섭게 산과 들, 논두렁 밭두렁 길로 뛰놀던 동무들은 세월의 그늘에서 곤히 단꿈을 꾸는 것인가? 고향의 빈 뜰에는 바람만이 한가로이 머물다 휑하니 사라지고 침묵하는 고요만이 흐른다. 내 동무야 고향의 뜰에서 놀자 불러주어라. 시끌벅적한 그 시절의 정겨운 웃음소리가 듣고파, 이내 가슴이 하염없이 파도쳐댄다.

제2장
뻐꾹새 울음소리

봄날에 들려오는 뻐꾹새 울음소리는 한가로우면서도 애틋하고, 정겨우면서도 어딘가 모를, 슬픈 멜로디로 친근히 다가와 가슴을 울려놓는다. 하늘하늘 어슴푸레 들려오는 뻐꾹새 울음소리는 망향가로 아득히 먼 날의 고향산천이 나를 부르는 듯하여, 괜스레 가슴이 먹먹해질 때가 있다. 우리에게 익숙한 뻐꾹새 울음소리는, 고향이 부르는 구수한 노랫가락 같다. 한적한 농촌 마을의 뻐꾹새 울음소리가, 햇살과 바람에 실려 산천에 울려 퍼지는 풍경은, 가슴 한편에 고즈넉이 걸려 있는, 전형적인 우리 고향의 옛 모습이다. 뻐꾹새 울음소리는 우리나라 전역 어디를 가도 들을 수 있는 한국의 소리다.

우리에게 잘 알려진 동요 "오빠 생각"에 나오는 뻐꾹새는 알을 품지 못한다. 딱새, 멧새, 개개비, 붉은머리오목눈이, 노랑때까치 등의 둥지에 알을 낳아 탁란한다. 부화 시기는 늦봄에서 초여름이며 알은 다른 알에 비해 일찍 부화한다. 뻐꾹새는 생존의 본능으로 다른 알을 밀어내고 둥지를 독점하며, 유모 새의 덩치보다 두 배나 되는 몸으로 20여 일간 먹이를 받아먹고 자라난다. 유모 새는 자기 새끼는 모두 새끼 뻐꾹새가 밀어내어 죽은 줄도 모르고, 새끼 뻐꾹새를 자기 새끼인 양, 온갖 정성을 기울여 키워낸다. 바람을 속을 뚫고, 빗속을 뚫고, 유모 새는 먹성 좋은 뻐꾹새 새끼를 위해 분주한 나날을 보낸다. 어린 뻐꾹새가 날개에 힘이 붙을 즈음, 적절한 시기에 맞추어, 어미 뻐꾹새는 날아와 울음소리로 자신이 친어미임을 알린다. 헌신적으로 키워 준, 유모 새의 노고와 정성 따윈, 아랑곳없이 친어미 뻐꾹새를 따라 둥지를 떠난다. 이듬해쯤이면 이 뻐꾹새는 또다시 다른 새의 둥지에 알을 낳아 탁란할 것이다.

자신의 존재감을 알리기 위해 모성의 본능으로 그토록 울고 있는가? 뻐꾹새는 자기 알을 품어 산란해 키우지는 못한 미안함 때문에 그토록 우는가! 뻐꾹새의 애절한 울음소리는 봄날 내내 산천에 울려 퍼진다. 뻐꾹새 울음소리는 때에 따라 다르게 우리네 귓가에 들려와 가슴에 안긴다. 아침나절에 들려오는 뻐꾹새 울음소리는 하루의 안녕을 빌어주는 듯하고, 한나절에 들려오는 뻐꾹새울음소리는, 지친 몸에 활력을 불어넣어 주는듯하며, 저녁나절에 들려오는 뻐꾹새 울음소리는 하루의 수고로움을 위로하는 소리로 들려오는 듯하다. 고향의 앞산과 뒷산의 풀숲에서 들려오던, 뻐꾹새 울음소리는 가까이서 우는 듯싶지만, 저 멀리서 울고, 멀리서 우는 듯하지만, 지척에서 들려와 심금을 울려놓았다.

어린 시절의 눈에 찍혀버린 고향 풍경에는, 뻐꾹새의 소리가 빠질 수 없다. 땅을 터전 삼아 일구고 사는 순박한 농촌 마을, 콩밭 갈이를 한 소는 보드라운 풀잎으로 배를 양껏 채우고는, 외양간에 두고 온 송아지를 불러 울워치는 소리는 앞, 뒷산에 메아리쳐 산골 마을의 적막을 흔들어 놓는다. 한적하고 고요한 풍경, 풋풋한 초록 내음이 산천을 진동하며, 바람과 햇살도 한가로운 봄날, 밭고랑 김매던 옥순 할매의 한 많은 삶을 노랫가락에 실어 놓으실 적에, 먼 산 뻐꾹새도 뻐꾸욱 뻑뻑 꾹 장단을 맞추면, 워이~ 워이~ 옥순 할매 야발스럽게 냅다 소리를 지른다. 제 새끼도 못 품는 요물이 어딜 끼어드느냐고 으름장을 놓는다. 그러할수록 더더욱 구슬피 울던 뻐꾹새 울음 따라, 내 마음도 울며 세월은 흘러갔다.

♪ 뻐꾹 뻐꾹 봄이 가네~ 뻐꾸기 소리 잘 가라 인사~ 뻐꾹 뻐꾹 봄이 가네~ 뻐꾹 뻐꾹 여름 오네~ 뻐꾸기 소리 첫여름 인사~ 뻐꾹 뻐꾹 여름 오네~ ♬

입가에 맴도는 우리에게 널리 알려진, 동요를 흥얼흥얼 읊조리며, 뻐꾹새 울음소리에 언뜻언뜻 담겨오는 그리운 얼굴들을 하나둘씩 그려낸다. 일상에 지친 마음을 뻐꾹새 울음소리에 얹어, 그리운 이들의 얼굴을 뵙고 싶다. 뻐꾹새 울음소리에는 아득한 날들을 휘돌아 와, 세월의 뒤안길로 쓸쓸히 사라져 간, 눈물겹게 어려오는 고향의 어르신과 동무들의 모습이 오롯이 담긴다. 저물녘 산언저리에서 우는 뻐꾹새 울음소리는, 어린 시절 어머니께서 저녁 먹으라 부르시는 정겨운 목소리같이 들려와, 가슴을 흥건히 적셔놓는다. 뻐꾹새 울음소리에 실려, 옛 시절로 한 번쯤 돌아가고 싶은 건, 가슴 깊이 자리매김하고 있는 고향의 소리가 아닌가 한다. 뻐꾹새 울음 따라 저물어버린 봄날이 뻐꾹새 울음 따라 가슴에 다시 찾아든다.

제3장
오동나무

산천에 푸른 물빛 줄기가 한창 밀려드는 올봄, 밭 가장자리에서 심은 것도 아닌데, 어디서 씨앗이 날아왔는지, 오동나무 새싹 한 그루가 자라고 있는 것이 눈에 띄었다. 주위를 둘러봐도 오동나무는 보이지 않는데, 신기하게도 우리 밭 귀퉁이에 터를 잡고 자란다. 벌써 오동나무의 널따란 잎이 가을이 왔음을 알린다. 봄에 보았을 때보다, 훌쩍 자라난 오동나무가 대견스럽다. 우리나라 어디를 가도 쉽사리 볼 수 있는 것이 오동나무다. 여름날 널따란 잎으로 시원한 그늘을 만들어 주던, 오동나무의 고동색 가지에 매미도 많이 찾아들었다. 오동나무에서 여름날을 노래하던 매미 소리가 메아리로 들려오는 듯하다. 어린 날, 오동나무 밑에서 소나기를 피했던 추억도 있다. 오동나무 널따란 잎사귀에 떨어지던 빗방울 소리는 마치, 한여름 날이 들려주는 자연의 교향곡처럼 귓전에 울려 퍼졌었다. 여름날 소나기를 만나면, 머리에 오동잎을 이고 빗속을 달리던, 아련한 옛 추억이 영화의 한 장면처럼 펼쳐지는 듯하다. 오동나무는 한국인의 품성을 지닌 나무 같다. 오동나무는 그다지 아름답지는 않지만, 멋스러우면서도 듬직하고, 고아한 자태가 풍긴다. 옛 선비들은 우리나라에 자생하는 나무 중, 오동나무 잎보다 큰 잎을 가진 나무가 없었으므로, 넓은 품성을 자랑하는 오동나무를, 대청마루 앞이나 정자 앞, 그리고 서당이나 망루에, 오동나무를 심어두고, 청운의 꿈을 품었었다고 한다.

우리 조상들은 딸을 낳으면 오동나무를 심었다고 한다. 딸이 커서 혼인할 때 장롱을 만들어 시집을 보냈단다. 오동나무는 베어도 밑동에서 새로운 순이 자라는 생명력이 강한 나무이다. 잎이 크므로 광합성을 많이 하여, 단기간에 양분을 집중적으로 공급하여, 몸을 불리는 오동나무는 15년이면 관목으로 쓸 수 있는 속성수(速成樹)다. 우리나라에서 가장 빨리 자라는 나무 중의 하나다. 오동나무는 가볍고 부드러우며 나이테가 뚜렷하고, 아름다운 무늬를 지니고 있다. 나뭇결이 곧고 비틀림이 적으며 탄력성이 좋은 나무로 알려져 있다. 습기 벌레 화재 등에도 강해 장롱, 서랍장, 병풍, 귀중품 보관함 등으로 널리 사용하였다. 또한, 오동나무로 예로부터 거문고, 비파, 가야금, 등의 악기를 만들었다. 옛말에 "매화는 아무리 추워도 함부로 그 향기를 팔지 아니하고, 오동은 천 년을 묵어도 아름다운 곡조를 간직한다"는 말이 있다. 그만큼 악기를 만드는데, 오동나무가 적격이라는 것이라는 말이다.

오동나무에 깃든 이야기는 고상하다. 우리 민족의 가슴속에 사는 봉황새는, 오색의 황홀한 날개깃을 펴서 단번에 천리 길을 난다고 하는 상상 속의 길조(吉鳥)이다. 봉황새는 대나무 열매만 먹고, 오동나무 가지에만 둥지를 튼다고 알려져 있다. 봉황새가 날아들면, 천하가 태평하게 된다고 믿었기에 바람도 간절했다. 봉황은 우리의 실생활에도 많이 볼 수 있어 친근감이 더하다. 신혼부부의 행복과 다산(多産)을 염원해 베갯모에도 봉황 암수와 여러 마리의 새끼 봉황새를 자수해 넣었다. 그 밖에 공예품에도 그리고 각종 상장 상패에도 봉황이 새겨져 있다. 우리의 삶 속에 시대와 장소를 초월하여 봉황새를 품고 산다. 우리나라 청와대 정문에도 봉황문용이고 대한민국 대통령 문장도 봉황이다. 이웃 나라 일본은 오동나무 잎과 열매를 형상화하여 총리의 문장으로 쓴다. 그리고 명절이면 가족과 즐겨 치는 화투의 11월 광(光)은 오동과 봉황이 그려져 있다. 화투의 11월 광(光)은 재물이나 명예를 가리킨다. 우리 실생활에도 깊숙이 심어지고 날아든 새가 오동나무와 봉황새다.

늦봄 오월쯤이면, 오동의 연초록 가지에서 풍기는 연분홍빛 꽃의 향기를 잊을 수 없다. 넓은 잎사귀 사이에서 피어난, 오동꽃은 오월을 초록이 밝힌다. 햇살에 살며시 고개를 내미는 오동 꽃의 수줍은 자태는, 화관을 쓴 오월의 처녀 같이 곱기도 하다. 오동나무는 목재 가공 이외에도 쓰임새가 참으로 다양하다. 오동나무 열매와 줄기를 약재로 사용하기도 한다.

오동나무 잎은 살충제로 재래식 화장실에 깔아두면, 냄새를 없애준다고 하여 많이 사용했었다. 오동나무는 병충해에도 강한 것으로 알려졌다. 오동나무 주변의 식물도 병충해로부터 보호를 받는다 한다. 그래서 밭 주위에 오동나무를 많이 심지 않았나 생각해본다. 오동나무 열매는 10월에 달걀모양으로 껍질이 변하면서 회갈색이 된다. 초겨울에 열매가 둘로 갈라지면서, 열매 안에 있던 날개 씨앗은 겨울바람을 타고 자기 터전을 찾아, 제 갈 길로 흩어져 새 삶을 살아간다.

오동나무를 보면 필자는 오동나무 지팡이 생각이 난다. 나는 십 대 때 어머니를 여의었다. 어머니를 하늘나라로 떠나보내실 적에, 소년은 삼베 상복에 오동나무 지팡이를 짚고, 한없이 울었던 기억이 있기 때문이다. 유교 사상이 깊은 우리나라는 예로부터 상주가 지팡이를 짚고 슬픔을 대성통곡하였는데, 상주가 짚는 지팡이에도 뜻이 있다. 부친상(父親喪)을 당하면 자식을 기르느라 속이 비어 버렸다 하여, 대나무 지팡이를 짚었다. 모친상(母親喪)을 당하면 자식이 애를 태워 속이 하얗게 찼지만, 마디를 두지 않는 오동나무 지팡이를 짚고, 자식 된 도리를 하였다. 나 또한 오동나무 지팡이를 짚고 통곡하였기에 오동나무를 보면 어머니 생각이 사무쳐 온다. 어느 날 우연히 보게 된, 우리 밭 가장자리에 자라난 오동나무에 눈길이 자주 간다. 나의 어린 시절 추억들을 담고 자라나는 오동나무 같기 때문이다.

제4장
가을 햇볕

햇곡식을 거둬들이는 가을철은 사람의 마음마저도 풍요로워 넉넉해진다. 올여름은 유난히 무더웠다. 햇볕을 피하거나 가리기 위해 고군분투했었다. 주말을 이용해 작게나마 농사를 짓다 보니, 땡볕과 지긋지긋하게도 싸웠었다. 그렇게 무덥던 찜통더위도 계절의 순리에 꺾여 이제, 새빨간 고추가 빛살 좋은 햇볕에 오글오글 말라가는 가을이다. 이글거리는 태양 아래 땀 범벅이 되었던 몸을 파란 하늘빛에 풍덩 빠뜨려, 창창히 맑은 가을 하늘에 흥건히 젖어들어 최대한 느리게, 가을의 소소함을 음미하고 싶다. 가을볕이 참 좋다. 한 여름날에 화상을 입힐 듯이 햇볕이 빗발쳐 숨기에 바빴던 기억을 희석할양인가! 긴 여운이라도 남길 듯이 애틋함에 젖어 살갗을 감미롭게 감싸는 가을 햇볕이다. 햇볕이나 사람이나 끈적거리게 다가오는 것보다는 적정한 온도에서 교감을 나누는 것이 감미롭고, 오래 같이하고 싶은 것이다. 옛 속담에 "봄볕엔 며느리를 내놓고 가을볕에는 딸을 내놓는다"는 말이 있다. 선인들의 오랜 경험으로 봐도, 가을볕이 사람에게 좋다는 말일 것이다. 햇빛은 만물의 근간이다. 햇빛이 사람 몸에 좋다는 근거가 과학적으로 증명이 되고 있다.

햇볕의 적외선이 피부 노화와 피부암 발병의 주요 원인이라 하여, 햇볕 쬐는 것을 꺼리는 경우가 많았다. 또, 뽀얀 피부를 가꾸거나 유지하려고 햇빛을 무슨 수를 써서라도 가리려 한다. 너무 과다하게 적외선에 노출된다면야 분명 문제가 생길 것이다. 그렇지만, 우리나라는 여름철 한때를 제외하고는, 햇볕을 피해야 할 만큼의 자외선 지수가 그다지 높지 않다는 게 정론이다. 햇볕을 무조건 멀리하는 것 또한, 자신의 건강을 해치는 결과를 가져오기에, 우리에겐 인식 전환이 필요하다. 적당한 자외선은 몸의 면역 기능을 강화해주고, 상처도 빨리 낫게 한단다. 통증을 진정시켜주는 효과가 있어서 한방 병원에서는 적외선 치료기를 사용하기도 한다. 햇볕이 우울증 치료 및 각종 성인병 치료에 도움이 준다고 알려졌다. 요즘 들어 비타민D에 대한 관심도가 부쩍 늘었다. 햇볕이 바로 비타민 D이라고 해도 과언이 아닐 것이다. 사람은 햇빛이 피부에 닿으면, 피부 틈으로 콜레스테롤 유도체에 의해 비타민 D가 합성된다 한다. 비타민 D는 면역세포를 생성해 각종 암을 예방한다는 연구발표가 있었다. 또한, 사람 몸의 근간인 뼈에도 꼭 필요한 영양섭취 물이다. 그리고 나이든 노인에게 많이 나타나는 침묵의 병이라 일컬어지는, 골다공증 예방에도 비타민 D가 필수적이란다. 비타민 D에는 칼슘 농도를 조절하는 기능이 있어 골다공증 구루병을 예방한다고 한다. 햇빛이 이렇게 우리 몸에 중요한 역할을 한다. 햇빛이 주는 비타민 D가 우리 몸에서 하는 역할은, 면역 기능 증진과 항암 예방 효과 그리고 칼슘 흡수 촉진이란다. 이렇듯 햇빛은 우리 몸에 보약인 셈이다.

지구 상의 모든 동, 식물의 생명의 근원은 햇빛이다. 그러므로 사람도 적절한 햇볕을 받아야 건강하게 살아갈 수가 있다. 건강한 삶을 위해 이제는 햇볕을 쬐는 일에 관심을 두자. 일광욕을 통해 합성되는 비타민 D는 간과 신장의 대사를 거쳐 활성형 비타민 D로 생성된단다. 비타민 D는 과잉증을 발견할 수 없다고 한다. 아무리 많이 축적하여도 부작용이 없다는 말이다. 현대인들은 갇힌 공간에서 생활하다 보니, 햇볕을 쬐는 양이 부족하다. 자연이 인간에게 주는 소중한 선물을 바쁘다는 핑계로 거부한다. 비타민D 부족 현상으로 주사나 약으로도 보충하는 사람이 늘어난다는 것을 우리는 알고 있다. 바쁜 일상이지만, 점심시간을 이용하여 그리고 틈틈이 짬을 내어, 햇빛을 우리 몸에 받아들이자. 햇빛 중에서도 가을 햇볕이 보약이라 한다. 가을 햇볕을 한철의 보약과도 같다고 한다. 우리 몸에 좋은 보약을, 이 가을 한 첩 내려 마시자. 햇빛을 하루 20~30분만 쬐면, 우리 몸에 필요한 비타민 D를 얻을 수 있다고 한다. 그리고 비타민 D에 함유된 멜라토닌과 세로토닌은 정신을 맑아지게 한다고 하니, 자신의 건강과 일의 능률을 위해서라도, 하루에 20~30분의 햇빛 받기를 실천하며 건강한 삶을 살자.

제5장
벌초

해마다 벌초 시기가 되면 종손인 큰형님이 벌초 일정을 전화로 통보해 온다. 벌초 시기는 절기상, 햇볕이 누그러져 풀이 더는 지라지 않는다는, 처서(處暑)와 기온이 이슬점으로 풀잎에 맺힌다는, 백로(白露) 사이에 하는 것이라 한다. 산소가 있는 어느 집안이나 해마다 추석을 전후해 한번은 연중행사로 벌초 날짜를 잡는다. 벌초는 묘소에 난 풀을 깎아 정리하는 과정의 하나로, 조상의 묘를 가능한 한 깨끗이 단장하고, 유지하기 위한 후손들의 조상에 대한 섬김의 표현이라 할 수 있다. 유교사상이 뿌리 깊은 우리나라는, 전통적으로 묘소의 상태가 좋지 않으면, 조상에 대한 예의가 아니라 하여 벌초에 많은 신경을 써왔다.

이맘때면 여느 집도 마찬가지겠지만, 우리 집안도 해마다 추석을 이 주일 정도 앞둔, 주말을 이용해 벌초를 해왔다. 벌초 일정이 잡히면 시골에 사둔, 예초기 손질을 친인척께 전화로 미리 부탁드린다. 벌초 때면 삼촌, 사촌 형제, 조카 등, 열 명 정도가 움직인다. 고향이 먼 탓에, 벌초하려면 큰마음 먹고 집을 나서야 한다. 경북 울진이 필자의 고향이다. 교통이 많이 좋아졌다고는 하지만, 그래도 서울에서 5시간은 족히 걸린다. 예전에는 하루 전에 출발하여 자고, 아침 일찍 벌초하러 산에 올라갔으나, 연로한 친인척께 민폐가 되기에 십상인지라 토요일 새벽에 출발하여 아침을 읍내에서 해결하고, 인척이 사는 시골집에 들러, 예초기 두 대를 챙기고, 낫, 깎지 등을 챙겨 피곤함을 뒤로하고 벌초에 나선다.

우리 산소는 시골집에서 10분 정도로 차를 타고 이동하여, 강변에 주차하고, 강 건넛산에 오르면, 얼굴도 모르는 증조부님을 위시하여 산소가 총 10기다. 선산에 증조부님의 산소와 등이 있고, 산 너머 산등성이 골짜기에 여기저기 흩어져 있다. 좋은 풍수를 찾아 산소를 흩어 놓았나 보다. 지금 생각해보면, 그 옛날 어떻게 산소를 그 높은 곳까지 썼을까 싶다. 산에 오르다 보면, 이른 시간인데도 벌써 이 산골짜기 저 산골짜기에서 울려 퍼지는 예초기 돌아가는 소리는 잠들었던 산을 깨운다. 우리는 두 팀으로 나누어 벌초하고 마지막으로 할아버지 산소에서 모여 가져온 음식을 나눠 먹는다.

필자의 기억 속에 처음으로 기억되는 벌초는, 필자가 10살도 채 되기 전, 할아버지를 따라 벌초를 따라갔던 기억이 남아있다. 코흘리개가 벌초에 도움이 될 리 만무하지만, 지금 생각해보니, 할아버지께서는 조상 묘의 위치와 당신의 정성을, 어린 손자에게 보여 주기 위함이었으리라. 예초기도 없던 그 시절, 당신께선 나를 그늘에 앉혀두시고, 따가운 가을볕을 맞으시며, 일일이 낫으로 조그마한 풀까지 깎아내시던, 할아버지의 모습이 눈에 선하다. 그 당시만 해도 땔감으로 나무를 사용하던 시절이라 산에 나무도 지금처럼 무성하지도 않았고, 오솔길도 나 있었지만, 지금은 나무가 무성하여 산에 들어가면 하늘이 안 보일 정도가 되었다. 혼자 산에 들어가라면 망설이게 된다. 더군다나 개체 수가 급격히 늘어나는 멧돼지 등, 산짐승 발자국이 많으니, 사람을 해코지하는 산짐승이라도 마주칠까, 으스스하기까지 하다. 깊은 산에 있는 산소는, 성묘하고 산소 위에 소주를 붓지 않는다, 그리고 음식도 산소에서 떨어진 곳에 버린다. 멧돼지가 산소를 훼손할까 싶어서다. 요즘 같은 벌초 시기에 해마다 일어나는 사고는, 예초기 사고와 말벌로 인한 피해가 급증하는 통계가 있다. 각별한 주의가 필요하다. 예초기 사용 시, 예초기 칼날이나 돌이 맞아 크게 다치는 경우가 많다. 사람과의 충분한 거리를 확보한 후, 급하게 서두르기보다는 안전하게 작업하는 게 중요하다. 그리고 벌초를 하기 전, 돌이나 나뭇가지를 풀숲에 던져, 말벌이 있는지를 확인 후, 벌초하는 것이 좋다. 만일의 사고에 대비해 에프킬라는 반드시 챙기기를 당부한다.

요즘 들어 장례문화도 장묘(葬墓)에서 화장(火葬)으로 바뀌는 것이 대세다. 이렇게 벌초하는 문화도, 우리 세대가 마지막이 아닌가 하는 생각을 해본다. 산업화 사회에 접어들면서 고향을 떠난 자손이 돌보지 않아, 묘소가 산이 되다시피 한 무덤을 본다. 몇 해 전까지만 해도 깨끗하게 정리되던 묘소였다. 앞으로도 차차 늘어날 것으로 보인다. 우리 세대야 윗대부터 산소를 돌봐 온 것을 손수 몸으로 체험했으니 당연한 것으로 받아들이지만, 글쎄 우리 다음 세대들은 이름도 모를 험하고 높은 산등선 골짜기를 찾아다니며 성묘하리라 여기는 것은 무리가 아닐까 생각해 본다. 시대의 흐름을 인력으로 막을 수 없는 것이 삶의 이치이다. 우리 세대에서 끝날지 모를 조상 산소를 돌보는 일정이 힘이 들지만, 그래도 벌초를 마치고 돌아오면, 한동안 마음이 가볍고, 무엇인지 모를 전율로 가슴이 뿌듯하게 채워진다.

제6장
젊은 날 등산에 얽힌 일화

우리나라 등산 인구가 천만이 넘는다고 한다. 건강에 관심이 높아지면서 산을 찾는 등산 인구가 꾸준히 늘어나는 추세다. 등산을 삶의 여정에 비유하기도 한다. 정상에 오르면 내려와야 하는 진리, 한발 한발 힘겹게 산 정상에 올라 발아래 탁 터인, 한눈에 들어오는 풍경을 만끽하는 그 기분은 맛본 사람만이 알리라. 한발 두발 오르는 걸음에 턱까지 차오른 가쁜 숨결은 일상의 고뇌인 양, 토해 버리고, 자연과 벗 삼아 걷는 인내의 시간을 즐기는 것이 등산의 묘미라 생각해 보기도 한다. 주말이면 허기진 산은 등산객으로 배를 채우려는 듯, 사람들로 인산인해를 이룬다. 일상에 지친 몸을 더 높은 하늘과 산천, 맑은 공기와 계곡 물소리, 바람 소리를 벗 삼아 온몸에 흐르는 땀방울에 근심 걱정을 씻어내는 산행 힐링을 하는 사람들이 많다.

필자에게는 젊은 날 등산에 대한 일화가 있다. 그때를 생각하면 입가에 잔잔한 미소가 번진다. 필자가 총각 때의 일이다. 10월 첫째 주 황금연휴를 맡아 직장 동료 6명과 설악산 등산 계획을 세웠다. 청량리에서 야간열차를 타고 설악산으로 향했다. 아침 일찍 도착하여 속초에서 아침을 먹고 설악산 오색 약수터에 도착한 시간이 오후 2시가 되었나 보다. 계획한 등산 코스는 오색 약수터로 올라 대청봉에서 일박하고 천불동 계곡을 타고 신흥사를 거쳐 구설악동으로 하산하는 코스였다. 그날따라 비가 많이 왔었다. 등산로 입구에서 도착한 일행은 일회용 우비를 갖춰 입고 등산로에 다다르니, 입산 금지 푯말이 붙어 있었다. 대청봉에서 일박할 요량으로 왔건만 낭패다. 산을 오르자는 동료와 내일 아침에 오르자는 동료 간의 의견이 분분하였다. 나는 비 내리는 산은 위험하니 아침에 오르자고 했건만, 대부분 젊은 혈기 왕성한 동료는 막무가내로 산에 오르자고 한다. 이때가 오후 3시가 넘었을 거다. 설악산 등산로 입구에 이르러 술을 챙기기로 한 일행이 술을 챙기지 못했단다. 산속의 밤은 추울 테니 술 한잔 하고 자야 하는 것 아니냐는 것이다. 문제의 발단은 여기에서부터 꼬이기 시작하였다.

일행 중 한 명과 필자와 술을 사서 뒤따라 올라갈 테니, 네 명의 동료에게 천천히 산에 오르라 하고는, 술을 사서 등산로 입구에 이르자, 설악산 관리소에서 출입을 통제한다. 같이 온 일행이 산에 올라갔다고 사정을 하였으나 가로막는다. 많은 등산객의 발길을 묶였다. 틈을 봐, 필자와 동료는 옆길로 새들어가 일행을 따라잡기 위해 부지런히 발걸음을 옮겼다. 계곡에는 불어난 물로 계곡과 계곡 사이에 건너기 쉽게 밧줄을 묶어 놓았지만, 가파른 물살은 허벅지까지 차올랐다. 일행을 따라잡을 생각에 한참을 산에 올랐지만, 하산하는 사람뿐, 산을 오르는 사람은 없다. 조금은 의아스럽게 생각하고 오직 일행을 따라잡겠다는 일념으로 발걸음은 분주히 움직인다. 가도 가도 일행의 모습은 보이지 않고 인적 또한 없다. 금세 어두워지기 시작한 비 내리는 산속은 적막이 흐르고 있었다.

온몸은 비에 젖어 들어가고 왠지 모를 음습함이 주위를 가득 메운다. 내심 조바심이 더해가는 필자는 20m 뒤에서 느긋하게 뒤따르는 강원도 영월 출신 동료에게 서두를 것을 종용하여 보지만, 좀처럼 속도를 내지 못한다. 산에 오른 지 세 시간이 지났을까? 비 내리는 산속의 어둠은 생각보다 일찍 찾아와 사방을 암흑으로 물들인다. 내리는 빗속에 묻힌 산중의 어둠은 불빛 하나 찾아볼 수 없이 정적이 흐르며 바람에 묻어오는 새소리에 조급함이 더하여 불길한 예감이 휩싸일 즈음, 한참 뒤에서 따르던 동료는 큰일 났다 싶었던지 달음박질치듯 필자보다 앞서 발걸음을 놓으며 서두른다. 비닐 우비를 입었지만, 몸은 빗물로 흠뻑 젖었다. 한기가 온몸을 휘감고 전신이 천근만근 무겁다. 사방이 암흑으로 휩싸여 앞을 분간할 수 없다. 진퇴양난이다. 내려갈 수도 올라갈 수도 없는 상황이지만 오르지 올라야 살 수 있다는 일념뿐이다. 산속에서 길을 잃으면 산등성이로 올라가야 한다는 것을 익히 알았기에 산등성이로만 발걸음을 내디딘다. 산속에서 길을 잃어 죽는다는 것이 이런 거구나 싶었다.

음습해 오는 불길한 예감이 언뜻 머리를 스쳐 지나간다. 함께한 동료와 필자의 배낭에는 먹을거리만 담겨 있고 텐트는 다른 네 명의 배낭에 있다. 텐트라도 있으면 자고 날이 밝으면 길을 찾을 수 있으련만, 살길은 오직 대청봉 산장을 찾아야 꽁꽁 얼어붙은 몸을 녹일 수 있다. 한참을 올랐다고 생각했으나 제자리에서 뱅뱅 맴도는 느낌이다. 공포와 배고픔에 추위까지 인내력은 서서히 무너져간다. 함께한 동료와 필자는 시골 출신이라 산을 어느 정도는 안다고 자부하였건만, 처음 찾는 설악산과 추위와 어둠 앞에서는 도리가 없었다. 몸은 한없이 무겁게 지쳐간다. 배고픔까지 밀려온다. 곱은 손으로 배낭에 있는 오징어를 꺼내어 씹어가며 서로 위로해 본다. 산속에서 길을 잃는다는 것을 평소 조금은 의아스럽게 생각해 온 터였다. 막상 닥치고 보니 초조와 불안 공포, 10월 초지만 비에 젖은 산속의 체감 온도는 엄동설한 한파를 더한다. 사방을 분간할 수 없어 넘어지고 부딪히기를 반복, 풀썩 주저앉아 엉엉 소리 내어 울고 싶은 심정이다. 하지만 이대로 주저앉을 수 없었다. 체온이 떨어진다면 죽는다. 정신을 차리고 움직여야 산다는 일념뿐이었다.

이리저리 한참을 길을 잃어 헤매며 산등성이로 올랐나 보다. 순간 먼발치에서 희미한 불빛에 인기척이 들리는 듯하다.

어두운 산속에서 들리는 인기척은 혹 산짐승인가 하여, 소스라치듯 머리카락이 쭈뼛 솟는다. 같이한 동료가 인기척이 들리는 쪽을 향해 냅다 소리를 질러댄다.

"사람 살려! 사람 살려!" 순간 깜짝 놀랐다.

"누구 계세요."라고 소리를 지를 줄 알았는데,

"사람 살려!"라고 악을 쓰듯이 소리를 냅다 질러댄다. 동료는 표현은 안 했지만, 내심 불안하고 초조했는가 보다. 저 멀리서 화답으로 들려오는 소리

"게 뉘시오?" 라고 화답하는 말이 얼마나 반갑던지, 이제는 살았구나! 라는 생각 들었다. 다행히 거리 멀리 떨어지지 않은 곳이 등산로였다. 빈 지게를 지고 홀로 손전등에 의지해 산길을 내려오고 계신 아저씨는 연세 지긋하신 대청봉 산장 짐꾼이 셨다. 우리를 보고는 기가 막힌 듯이 죽으려고 비 오는 험준한 설악산을 장비도 제대로 갖추지 않고 늦은 시간에 올라왔느냐고 나무라신다. 30분만 등성이를 따라 오르면 대청봉 불빛이 보일 거란다. 오랜 산지기 생활을 하신 탓인지, 어두운 산길에도 혼자서 내려가신다. 그때 그 아저씨를 만나지 못했다면 어떻게 되었을까! 생각만 해도 소름이 돋는다.

대청봉에 오르니 우박이 내려 산을 하얗게 덮고 있었다, 10월 초 날씨였지만, 설악산 대청봉의 날씨는 한겨울을 연상케 했다. 젖은 옷은 뿌득뿌득 얼어있었다. 산장 주위에는 텐트들로 가득하다. 대청봉산장에 들어서니 아뿔싸! 사람들로 가득 차 발 디딜 틈이 없었다. 먼저 올라간 일행이 있나 둘러보아

도 보이지 않는다. 설사 먼저 와 텐트를 쳤다 해도 무슨 수로 찾는단 말인가! 한기가 드는 언 몸에 앉을 틈도 없이, 겨우 서 있기에도 복잡하다. 선 채로 밤을 지새울 수는 없었다. 추위는 피할 수 있었으나 눅눅하게 젖은 몸에 피곤함이 몰려와 졸리기까지 하다. 때마침 옆 사람이 나누는 대화가 귀에 쏙 들어온다. 텐트를 가지고 왔는데 추워서 텐트를 칠 엄두가 안 난다는 것이다. 즉시 우리가 거들고 나서며, 우리가 텐트를 칠 테니 같이 묵으면 안 되겠노라고 청한다. 다행히 흔쾌히 응한다. 우리 또래로 보이는 남자 세 명이 서울에서 왔는데 이 사람들도 우리보다 한 시간쯤 앞서 도착했단다. 바람 부는 대청봉은 체감 온도가 영하 20도는 되는 듯이 추웠다. 텐트를 가지고 적당한 자리를 잡고 합심해서 텐트를 쳤다. 텐트라 해봐야 3인용에다 바람막이도 없는 텐트였다. 그렇지만 이만 한 개 어딘가 싶었다. 젖은 옷, 신발을 다 벗고 놓고 다섯 명이 함께한 좁은 텐트지만, 바람을 막을 수 있고 사람의 훈기가 있어, 언 몸이 풀리기 시작했다. 긴장이 풀리고 추위가 가시니 시장기가 덮쳤다. 라면이라도 끓여 먹을 요량으로 우리가 짊어지고 온 배낭에 있는 라면을 꺼내어, 서울 사람들이 갖고 온 버너에 불을 붙이려는데 버너에 불이 잘 붙지 않는다. 몇 번이고 시도하다 불이 붙는가 싶더니, 이번엔 순간적으로 "퍽"하는 소리와 함께 눈앞이 번쩍인다. 머리카락, 눈썹이 거슬리고 다리에도 불이 붙었다. 너나 할 것 없이 질러대는 비명, 다행히 화상은 없었지만, 노린내로 가득하다. 고산지대라 버너 가스가 텐트 바닥에 깔려 불꽃이 튀는 순간 불이 붙은 것이다. 환기를 시킨 후 라면을 끓여 먹고, 동료와 헤어지게 한 발단의 술로 몸을 녹인 후, 피곤이 몰려와 금세 곯아떨어졌다. 그나마 추위를 피해 하룻밤을 날 수 있었던 것이 얼마나 다행이고 고마운지 모른다.

다음 날 아침 일찍 일어나 바짝 얼어 있는 바지와 신발을 버너로 대충 녹인 후, 젖은 옷을 입을 즈음 헤어졌던 우리 동료들이 흩어져 우리를 부르는 소리가 들려온다. 몇십년 만에 극적인 해후를 하듯이 반가움이 더한다. 자초지종인즉슨 오색 약수터에서 우리가 술을 사러 간 사이 등산로 진입로에서 설악산 관리소에서 입산을 통제해 우리를 기다렸는데, 오지 않아 우리가 술 사러 간 곳으로 갔지만 없더란다. 길이 엇나간 것은 등산로로 올라오는 곳에 관광버스가 한 대 서 있었는데 우리를 기다리는 일행은 관광버스 반대편에 서 있어, 서로를 보지 못해 결국 길이 어긋난 것이었다. 산 밑에 있던 동료는 출입사무소에 연락하고 파출소에 연락을 취해보고 집으로도 연락을 취하고 뜬눈으로 밤을 지새우고 새벽같이 대청봉으로 올라온 것이었다. 그도 그럴 것이 그날 설악산 계곡에서 불어난 물로 계곡에서 세 명이 익사체로 발견되었다니 오죽했으랴, 산에 오른 우리는 우리 대로 고생하였고, 우리 걱정에 뜬눈으로 밤을 새운 동료들, 서로에게 악몽 같은 날이었다. 요즘 같으면 휴대폰이라도 있어 바로 연락을 취하면 간단했을 텐데 그 당시 휴대전화가 어디엔들 있던 시절이었던가! 함께한 동료와 설악산 대청봉에서 만나 일출을 기다렸지만,

그날따라 일출은 볼 수 없었다. 우리 일행은 대청봉에서 상봉 기념 사진을 몇 장 찍고, 간단히 요기 한 후 하산을 하였다.

젊은 날, 무모한 등산에서 얻은 서툰 경험이 두고두고 교훈으로 남아있다. 요즘 산을 찾는 사람들이 많다. 나 또한 시간이 나는 휴일이면, 서울 근교 산들을 자주 찾는다. 등산이 건강에 좋은 이유를 몇 가지 꼽는다면, 첫째로 근력이 강화되고 심폐기능이 좋아지고 혈관과 말초신경을 강하시킨다. 둘째로 일상에 겹친 스트레스를 자연과 벗 삼아 풀 수 있다. 셋째로 지방을 연소시켜 살이 빠지며 신진대사가 좋아진다. 넷째로 다이어트에 효과적이다. 그리고 등산을 할 때 주의할 점은 산을 오르기 전 일기예보를 알아야 하며, 산은 해발이 높을수록 기온 일교차가 크기 때문에 옷은 여벌 옷이나 바람막이 등은 필수로 챙겨야 한다. 새벽이나 밤 등산 시에는 전등을 꼭 챙겨야 하며, 등산으로 흘린 수분 보충을 위해 물, 오이, 등을 챙기는 것이 좋다. 충전이 잘된 휴대폰도 꼭 챙겨야 한다. 등산 시 등산화는 필수 중의 필수이다. 그리고 배낭의 무게는 자신의 몸무게의 10%가 넘지 않는 것이 좋다. 등산은 하산할 때 많은 사고가 뒤따르는데 하산할 때는 몸무게의 3~5배가 앞으로 쏠리기 때문에 무릎 연골 파열에 조심해야 한다. 특히 중장년층에 자주 발생하므로 내려올 때 무릎을 약간 굽히고 좁은 보폭을 유지하는 것이 좋으며 발바닥 전체로 땅을 딛고 천천히 내려와야 한다. 의욕이 앞서는 무리한 등산은 삼가기를 당부한다. 요즘 남녀노소 다양한 사람들이 산을 찾는다.

등산은 육체 건강뿐 아니라 정신 건강에도 좋다. 팍팍한 콘크리트 삶에서 벗어나 일상의 스트레스도 풀 겸 건강한 삶의 활력을 위해서라도 자연과 함께하는 등산을 권하고 싶다.

제7장
친구의 마지막 안부

인간의 삶 속에는 숱한 인연을 만나 엮이고 풀리기를 반복하며 살아간다. 수많은 인연 중, 친구라는 인연은 삶의 활력이요, 버팀목이다. 무슨 일이든 마음 터놓고 이야기할 수 있는 친구, 하나만 있어도 인생은 외롭지 않을 것이다. 주위에 친구라는 인연으로 만나고 나누고 하지만, 과연 진정한 친구는 몇이나 될까? 친구는 자신을 지탱해주는 심리적 버팀목이라 했다. 인디언 속담 중에 “친구는 내 슬픔을 등에 지고 가는 자”라는 말이 있다. 살아가면서 의지할 수 있고 기쁨과 슬픔을 자기 일인 양, 기뻐해 주고 슬퍼해 줄 수 있는 진정한 친구가 있다면 축복받은 사람일 것이다. 우리는 살아가면서 여러 친구를 사귄다. 허물없이 지내는 사이, 속마음을 내비쳐도 좋을 사람, 손 내밀면 언제나 따스하게 손잡아줄 수 있는, 그런 친구를 떠올리는 것만으로도 행복할 것이다. 우리는 천사 같은 친구를 필요로 하지는 않는다. 힘들고 지칠 때 마음으로 의지할 수 있고, 바른길을 가지 못할 때, 따끔하게 충고

할 수 있는 친구가 진정한 친구일 것이다.

어느 날, 오랫동안 잊고 지냈던 추억 아련한 친구가 술 한 잔 거하게 한 후, 늦은 밤 걸려온 전화 한 통이 귓전에서 지워지지 않는다. 어눌한 목소리에 고단함이 가득 베인 목소리의 그 친구가 세상을 등졌다는 말에 아린 가슴과 미안함이 짓누른다. 전화기 너머로 반가움이 가득 묻어나는 목소리로 "친구야"라고 힘주어 부르던 목소리였다. 단번에 알아채지 못해 머쓱했던 마음이 미안하다. 30년이 넘은 세월을 잊고 지내다, 어떻게 나의 소식을 알았는지, 반가움에 횡설수설한다. 전하고 나누고 싶은 이야기가 많은 듯, 장황하게 이야기할 때, 늦은 밤 조금의 피곤함에 좀 더 배려하고, 좀 더 다정하게 못 대해준 아쉬움이 못내 가슴을 후벼 판다.

밤늦게 전화해 미안하다는 말만 되풀이하던 말, 귓전에 아직도 들려오는 듯한데, 친구가 하늘나라로 떠났다는 말에 마음이 이렇게도 아릴 줄이야 …

무슨 이야기를 전하고 싶었음인지, 한숨을 몰아쉬며 울먹이던 친구를 술주정으로 받아들였다. 친구가 세상을 떠났다는 말을 전해 들었을 때, 돌이킬 수 없는 미안한 마음에 눈물이 핑 돈다. 세상을 떠나기 전, 나를 친구랍시고 얼굴 떠올려 주고, 마지막 안부를 물어준 고마움에 뒤늦은 눈물이 흘린다. 얼마 전, 동창 녀석들과 술자리에서 우연히 듣게 된 말, 그 친구 사망 소식을 접하고 친구들의 이야기를 종합해본 결과,

나에게 전화를 했을 때, 이미 병이 깊어 사형 선고를 받은 상태였단다. 특히 나의 눈시울을 적셨던 말

"나중에라도 나에게 안부 꼭 전해 달라고 했다는 말"

"연락처 진작 알면서도 연락 못 해 미안했다고" "미안하다고" 전해 달라던 말이 짠하게 친구의 메마른 웃음에 담겨왔나. 떠나간 친구의 명복을 빌며 술 한잔 기울인다. 잠시 침묵이 흐르고 누군가의 입에서 나지막이 선창하듯이 노래가 흘러나왔다.

"가버린 친구에게 바침"이란 노래이다. 누구라 할 거 없이, 입이라도 맞춘 듯, 모두 떠나 버린 친구를 그리워하며 노래를 불렀다.

"하얀 날개를 휘저으며 구름 사이로 떠오네~
떠나가버린 그 사람의 웃는 얼굴이
흘러가는 강물처럼 사라져버린 그 사람
다시는 못 올 머나먼 길 떠나간다네~"

–중략–

한 사람의 일생 짧다면 짧고 길다면 길다. 인생길에 생을 마감할 때, 떠올릴 수 있는, 친구의 얼굴이 누구일까를 가만히 생각해 보게 된다.

인생 오십 줄에 드물게 접하는 슬픈 소식들이 있다. 세월 속에서 사라져 가는 친구들의 부음이다. 마음만은 아직 소년기에 머물러 있는데 뜻하지 않은 비보(悲報)가 가슴을 울린다. 흐르는 세월 앞에 장사가 없다는 말을, 인생 지천명(知天

命)에 와서야 깨닫는다. 현대인의 시간에 맞추어 앞만 보고 달리던 길을 멈추고, 한 번쯤 뒤돌아보며, 이제는 건강도 챙겨야 할 나이가 되었다. "친구 건강하시게~"라는 안부 인사가 예전과 확연히 다르게 들려오는 이유다.

제8장
청미래

산행길에 청미래덩굴에 몇 송이의 청미래가 대롱대롱 달린 것을 보았다. 옛 시절이 떠올라 한참이나 머물며 아득한 시절의 그리움들을 펼쳐낸다. 어릴 때, 청미래는 놀잇거리요. 먹거리였기에, 죽마고우를 만난 듯이 기뻤다. 청미래를 내 고향에서는 깜바구라 불렀다. 다른 지방에서는 망개, 맹감으로 불린다고 한다. 산기슭 숲의 가장자리에서 자생하고 백합과 낙엽 활엽 덩굴성 관목이다. 4~5월에 황록색 꽃을 피우는데, 꽃은 암수딴그루 꽃 피우며 부끄러운 듯, 진 녹색 덩굴 잎에 가려 숨어 피어나는 듯하다. 화려한 꽃은 아니지만 은은한 청미래꽃 향기는 사월의 싱그러움을 한층 돋구어 준다. 잎은 두껍고 번드레 윤기가 있는 넓은 잎은 하트 모양을 닮았다. 줄기에는 갈고리 같은 가시가 있고, 덩굴손이 있어 주위의 나무 등을 휘감아 올라가는 특징이 있다. 어린순은 나물로도 먹는다. 청미래덩굴 잎사귀를 싸서 먹는 망개떡으로 잘 알려져 있다. 망개떡은 청미래덩굴 잎의 향기 때문에 맛이 상큼하다.

청미래는 굵은 콩알만 한, 청실 둥근 열매를 맺는다. 가을에는 열매가 빨갛게 익는다. 청미래덩굴은 수은 중독을 푸는데 특효가 있다고 한다. 그 외, 감기나 신경통 악성 피부염 신장계통, 간 경화 간염, 등에 좋단다. 청미래 뿌리는 소화기암, 폐암, 자궁암, 코 암 등에 좋다고 한다. 그러고 보면 청미래 잎은 나물로 열매와 줄기 뿌리까지 약용으로 버릴 게 하나도 없는 사람에게 유용한 식물이다.

고향 마을 산들에는 청미래덩굴이 많이 자생했다. 반질거리는 고운 빛의 잎, 독특하게 싱그러움을 자랑하는 열매는, 자연스레 어린 손길을 맞이한다. 청미래는 햇살 빨아들여 상큼하게 웃으며 어서 오라 부르는 듯했다. 하굣길에 군 거리감으로 따 먹기도 했던 맛은, 담담했던 편이지만, 약간 떫고 시큼한 맛이었다. 청미래를 실에 꿰어 목걸이, 팔찌를 만들기도 했던, 순수했던 그 날들이 그립다. 청미래덩굴은 덩굴손 뻗어, 산기슭 옹달샘 옆 소나무 휘감아 올라, 옹달샘 터 지붕을 만들어 더욱 시원한 샘물 맛을 선사했다. 청미래 잎으로 옹달샘 물을 받아 마시던, 어린 날들의 추억이 아름답다. 지금은 어느 누가 있어 청미래 따먹고 옹달샘 마시는지, 그 시절을 그리워해 본다. 어린 시절 자주 찾던 고향의 청미래 나무와 옹달샘은 아직 옛 기억을 품고 남아 있을는지 궁금하다. 청미래 이름만큼이나 고운 열매를 달고, 그 시절의 소년 소녀들을 아직도 기다리고 있지는 않을까 하는, 행복한 착각을 해보며 입가에 미소를 짓는다. 누군가를 기다리는 듯, 청미래는 덩굴

이파리가 떨어진 이후에도, 빨갛게 익은 청미래는 한겨울 눈 속에서도, 빨간빛으로 눈이 부시다. 아마 그 옛날 깔깔거리며 함께하던 소년 소녀들을 기다리며 추억이라도 하듯이 말이다.

추억에 담겨있는 그 시절, 티 없이 순수했던 기억들이 떠올라, 입가에 소년같이 해맑은 미소가 번져나간다. 다시는 돌아갈 수 없는 추억 속의 그 시절이 그립다. 추억의 한 페이지에 고이 담고 있는 즐거웠던 유년 시절의 싱그러운 추억을 가끔은 들춰본다. 그 시절의 꼬맹이들도 중년에 이러러 나와 같이 추억하고 있을까? 청미래야 그 시절 코흘리개 까까머리 단발머리 소년 소녀들이 너를 그리워할 거야. 청미래야 너도 그렇지 않니? 그리운 소녀야! 청미래 팔찌, 목걸이 만들어주련?

제9장
한여름 밤의 꿈

오늘같이 열대야로 몸살을 앓는 밤이면 고향의 우물가에서 등목이라도 하면 더위가 가실 것 같다. 유난히도 무더운 여름이다. 30도가 넘는 폭염이 기승을 부리는 날의 연속이다. 살인적인 더위라고 해도 과언이 아닐 것이다. 밤에도 열대야 현상이 연일 되니, 가정마다 에어컨 가동이 전에 없이, 급격히 사용하게 되어, 사회적으로 전기세 누진제가 이슈로 떠올라 서민의 심적 더위를 한층 더 끓여놓는다. 폭탄 전기세 걱정으로 여느 집인들 마음 놓고 에어컨을 돌리겠는가? 폭탄 전기세 걱정에 간간이 더위를 잠시 잠깐 식힐 만큼만, 에어컨을 돌릴 수밖에 없었을 것이다. 한낮의 열기를 고스란히 받은 콘크리트화 된 도심의 열기는 좀처럼 식을 줄 모르고 고단한 몸을 편히 식혀, 내일을 준비해야 하는 서민들은 밤잠을 설치기 일쑤다. 몸을 이리저리 뒤척이다 고향의 풍경에 멱감는 단꿈을 꾼다.

현대를 사는 사람들에게 외적인 더위보다, 내면에 쌓인 삶의 더위로 인해, 더 힘들 것이라는 생각을 해봤다. 도심의 여름밤마저 현대의 굴레에 갇혀, 개인이 알아서 감당해야 할 몫인가! 내가 자라난, 고향 여름밤의 정겨운 풍경이 실로 반갑게 다가온다. 소쩍새 울음소리 따라 깊어지는 고향의 여름밤, 옥수수, 감자가 한가득 양푼에 담겨있던, 넉넉한 인심만으로도 시원해지는 것 같다. 십 대 또래들과 어울려 도둑고양이처럼 살금살금 기어, 참외 서리, 수박 서리하러 콩밭을 지날 때, 가슴을 흥건히 적시는 코에 구린 듯이 풍겨오는 야릇한 냄새에, 자기도 모르게 터져 나오는 감탄사에 원두막을 오롯이 지키던, 잠귀 밝은 천둥 할아버지의 여름밤을 가르는 우레 같은 고함에 놀라, 자빠지고 구르고 하면서 신발을 잃고도 허겁지겁 삼십육계 줄행랑을 쳤다. 뒤도 안 보고 달아날 때는 누구랄 거 없이 오십보백보이건만, 누구는 뒤도 안 보고 달아났다는 둥 하면서 깔깔거리며, 냇가에서 오물로 더럽혀진, 옷과 몸을 씻으며, 개선 장군처럼 의기양양하게 무용담처럼 늘어놓던, 그 여름밤의 냇물이 뼛속까지 시원하게 스며든다.

한여름 밤의 이야기는 동시대를 살았던 시골 출신이라면, 누구나 줄줄이 쏟아낼 것이다. 그 시절은 더위도 혼자가 아닌 여럿이 어울려 식혔던 것 같다. 산이 성처럼 둘러싸인 전형적인 농촌 마을인, 고향의 한여름 밤의 이야기는 아직도 대롱대롱 별빛에 매달려 속삭이듯 아련한 추억의 빛을 유유히 뿌리고 있는 듯이 초롱초롱 빛난다. 마당에 깔아 놓은 멍석에 하나둘 모여든 고향 분들의 이야기는, 마당 모깃불에 모락모락 피어나는 연기처럼 한여름 밤을 하얗게 지워나갔다. 고향 어른들의 이야기는 밤이 이슥하도록 깊어가고, 이야기 주제 거리도 피부에 와 닿는 이런저런 이야기로 가득하다. 건넛마을 누구누구네 이야기부터 누구네 자식 이야기까지 소소한 이야기 같지만, 좋은 일은 나의 일인 양, 함께 기뻐하고 나쁜 일에는 함께 걱정하는 이야기는, 여름 밤하늘 쏟아 내리는 별빛마저 귀담아듣는 것 같이 정겨워 보였다. 코흘리개 아이들은, 마당에 펼쳐 놓은 멍석 위에 옹기종기 모여 앉아 듣던, 할머니의 구수한 옛날이야기 속에 여름밤은 가물가물 꺼져갔다. 할머니 할머니한테서 들은 이야기를 할머니 할머니가 손주 손녀에게 풀어놓던 이야기보따리 속에는, 호랑이 담배 피우던 시절부터, 무엇이든 원하는 것은 뚝딱 나오게 하는 신기한 도깨비방망이까지, 참으로 다양한 이야기 속으로 빠져들었다. 할머니가 들려주는 옛날이야기의 표정 하나하나에 손동작 하나하나에도 마음 졸이며 까무러지도록 오싹해, 에어컨도 없던 그 시절의 한여름 밤은 춥도록 으스스했다.

현재 우리가 몸담은 사회는 핵가족으로 맞벌이 가정이 주를 이루어, 가족 간 특히 아이들에게 친밀 관계 형성이 부족한 현실이 가슴을 저미도록 안타깝다. 한여름 밤에 듣던 할머니의 구수한 옛이야기가 단순한 재미를 넘어, 아이의 마음 밭에 무궁무진한 상상력을 심어주던 할머니의 따스한 품이 사라지고 있다는 현실이 아프다. 지금은 내 삶의 시간에서 멀어져 가신, 그리운 얼굴이 불현듯 떠오를 때면 가슴이 아려온다. 지금의 풍요에 덤으로 주는 각박한 굴레보다는, 그 시절 가난의 굴레를 짊어졌었지만 사소한 것일지라도 함께 공유하고 서로서로를 위하며 살던, 아름다운 풍경들이 시원하게 가슴에 한 폭의 그림으로 그려져 남아있다. 다시는 돌아갈 수 없는 그 시절이, 한여름 밤의 단꿈처럼 아늑하고 시원하게 나이 몸 곳곳에 자리매김하고 있다.

제10장
살아가면서 잃어가는 것들

사람은 늘 곁에 머무를 것 같은 소중한 사람을 영영 떠나보낸 후에야, 비로소 따스한 품이 얼마나 감사했는지를 깨우치지만, 이미 때는 늦으리다. 나이를 먹어가면서 곁에 머무는 사람이, 영원하지 않다는 것을 깨우친다. 변함없이 옆에 영원히 머물 것 같은 소중한 사람은 시간같이 흘러간다. 사람이 태어나서 스쳐 지나간 소중한 얼굴이 몇몇이던가! 살아가면서 우리를 가장 슬프게 하는 것은, 소중한 사람과의 사별이다.

우리가 살아가면서, 정말 소중한 것이 무엇인지 가끔은 잊어버리고 산다. 곁에 있어 진짜 소중한 것들을 당연히 그리고 영원할 거라 치부하고는 이별 후에 가슴을 치며 후회하곤 한다. 주위를 한번 둘러보라, 소중하지 않은 것들이 없지 않은가? 사회가 발전하고 물질적으로는 풍요해졌지만, 조금은 불편하고, 어려운 시절 배는 고팠을망정 함께 걱정하고 함께 눈물 흘리던 시절이 사라지는 현실이 아프다. 자가용이 있어 편리하고, 주거환경이 변하여 편리하고, IT 산업이 발전하여 첨단을 달리고 있지만, 숨 막히는 경쟁 사회가 어딘가 답답하고 각박하다는 생각은, 기성세대라면 한 번쯤 느꼈을 것이다. 이 십 리 길은 걸어서 학교에 다니고, 짐보따리를 이고 지고, 장에 가던 시절, 이웃 마을 사람과도 길동무하면서 살아가는 이야기를 정겹게 나누던 모습이 그립다. 다 같이 먹을 것이 귀해 배고팠던 시절이지만 작은 것이라도 나누려던 그 마음들이 그립다. 현재는 산업이 발전되어 물질적 풍요는 얻었지만, 가족 간에 이웃 간에 나누던 두터운 정을 잃어버렸다. 참을성도 잃어버렸다. 누구나 바로 누르면 통화할 수 있고 얼굴을 볼 수 있는 첨단 시대에 사는 오늘날이다. 모두가 급박하다. 느림이 주는 행복을 잃어가는 것이 아쉽다. 도시로 나간 아들딸이, 형과 누나의 소식이 올 때를 기다리는 마음을 다시 느끼고 싶다. 소중히 마음을 담은 편지를 보낸 후, 답장을 손꼽아 기다리다, 우체부를 통해 편지를 받으면, 온 가족이 둘러앉아 읽어가며, 사연에 더하여 상상까지 그려 넣으며, 안녕을 빌어주던 눈물의 편지가 사라진 것이 안타깝다.

현대 사회를 살아가면서, 편리한 만큼 우리가 잃어가는 것들이 너무 많다. 아랫집, 윗집, 밥그릇이 몇 개인지 까지, 훤히 꿰찬, 이웃사촌이라는 옛말이 무색한지도 오래다. 불편하고 부족하던 시절이지만, 기쁨과 슬픔까지도 나누려던 인정겨운 모습도 이제 사라져간다. 제사나 생일이라도 있을라치면, 옆집에서 먼저 알았고, 작은 것에도 나눔의 문화, 슬플 때 같이 슬퍼하고, 기쁠 때 같이 기뻐하던, 인간 본연의 모습이 사라져가는 것이 슬프다. 주차 문제로 이웃 간 칼부림이 나고, 아래층, 위층 간, 소음 문제로 살인까지 나는, 험악한 세상이 아프다. 서로 간 양보와 배려는 오간 곳 없고, 개인주의가 판치는 세상, 남이야 죽든 말든 남을 밟고서라도 올라서려, 앞뒤 가리지 않고, 상대를 무너뜨려야 살 수 있다는 고정관념이 박혀, 뒤돌아볼 겨를조차 없는 경쟁을 부추기는 현실이 무섭다.

현실에 안착하러 앞만 보고 끝없이 질주하며 오늘을 살아가는 개개인들의 삶들이 너무나 각박하고 가엽다. 눈을 조금만 옆으로 돌리면 잠시 잊고 살았던, 놓칠 뻔했던, 수많은 삶의 진솔한 향기가 그득하다. 우리 스스로가 향기로운 사람 냄새를 없애는 우(愚)를 범하지 않기를 바란다. 나날이 발전하는 문명사회가 주는 혜택의 편리한 만큼이나 살아가면서 소중한 것들을 쉽게 놓쳐버리는 것이 못내 아쉽다. 물질 만능주의로 오염된 사회에 나날이 물들어가는 사람이 안타깝다. 향기로운 사람 냄새가 사라지는 현실의 세상인심이 야속하다.

제11장
서숙

며칠 전 SNS상에 올라온, 가을 황금 물결 출렁이는 서숙밭의 사진을 보면서, 가슴이 포근해 져 오는 것을 느꼈다. 고향 후배가 간단한 사연과 함께 올려놓은 것이었다. 서숙밭 사진을 보며, 우리가 자라던 때의 서숙에 대한 여러 기억이 되살아났다. 가을이면 서숙 이삭에 황금빛으로 알알이 맺은 모양은, 보는 이의 마음마저 풍요롭게 했었다. 서숙이란 낱말을 오랜만에 접하니, 정겨움으로 다가온다. 오뉴월 볕에 삼베적삼 흥건히 적시며, 서숙밭매던 고향 어르신들의 힘겨운 삶이 찰나로 스쳐지나 가슴이 울컥거린다. 서숙은 원어는 한자로 서속(黍粟)이라 한다. 내가 자라던 고향에서는 서숙이라 했다. 서숙은 경기, 경상, 전라, 충남 지방의 방언이다. 표준어로 조를 일컫는다. 서숙은 옛날 삼한시대부터 우리나라에 재배해온 작물로서 보리 다음으로 많이 재배했던 밭작물이었다. 예로부터 조는 벼(쌀), 보리, 콩, 기장으로 우리가 말하는 우리나라 오곡(五穀)이다. 우리가 정월 대보름에 오곡밥을 지어 먹을 때 꼭 조밥이 들어갔었다. 요즘은 식생활이 개선되면서 어느 때부턴가 서숙이 우리의 시야에서 멀어져 갔다. 정확히 말하면 식생활도 식생활이지만, 서숙밭에서 김을 매기가 어지간히 힘든 게 아니라는 말을 어릴 때부터 익히 들었다. 밭의 김매기 중에 조 밭매기만큼 까닭스럽고 손이 많이 가는 일은 없다 한다. 어느 것이 풀이고, 어느 것이 조인 것인지, 구별도 어렵지만, 일일이 뽑아 줘야 하니, 진척도도 느리고 일손도 모자라서, 근래에는 서숙 심기를 꺼린다.

서숙은 쌀이 귀하던 시절 밭에 많이 심던 농작물이다. 서숙은 가뭄에도 강해서 메마른 밭작물로 심어졌다. 한반도에서 가장 먼저 가꾼 곡식이 서숙이라는 학설이 있다. 삼한시대 이전부터 주식으로 먹었다 한다. 서숙의 큰 이삭 하나에 노란 작은 알갱이가 수천 개나 달린다. 서숙을 타작하여 서숙에서 정미 된 알곡이 좁쌀이다. 좁쌀은 참깨보다 알갱이가 작다. 우리가 흔히 듣던 "좁쌀영감"이란 말이 있다. 좁쌀 크기를 빗대어 작고 좀스러운 사람이나 물건을 알갱이가 작은 좁쌀에 비유해 하는 말이다. 서숙은 알갱이가 작을 뿐 아니라, 심고 가꾸어서 수확해서 타작하기까지 어지간히 손이 많이 가는 곡물이다. 오죽했으면 조바심이란 어원이 "조"에서 나왔을까? 조바심이란 "조마조마하여 마음을 졸임, 또는 그렇게 졸이는 마음"이라는 뜻이다. 조바심에서 "조"는 오곡 중의 하나인 "조"이다. "바심"은 곡식의 이삭을 떨어서 낟알을 거두는 일, 즉 타작의 순우리말이다. 조는 잎이 어긋나 좁고 길게 생겨서 귀가 질겨 떨어내기가 힘이 들어 타작하기가 쉽지가 않다. 조를 떨 때는 문지르고, 비비고, 두드리고 하면서 낟알을 모은다. 알갱이가 작고 가벼워서 한곳에 모으기가 쉽지 않다. 마음먹은 대로 떨어내지 못하니, 마음을 졸이고 초조해한다 해서, 조바심이란 말이 나왔다고 한다. 필자도 후배가 SNS에 올린 글을 보고 처음으로 조바심의 어원을 알았다.

옛말에 "조 한 섬 가진 놈이 시겟금 올린다."라는 말이 있다. 좁쌀을 불과 한 섬밖에 가지지 못한 자가 쌀의 시세를 올려놓고 말았다는 뜻으로, 대단치도 않은 인물이 부정적인 영향을 미치게 됨을 비난 조로 이르는 말이었다. 좁쌀이 상대적으로 쌀값에 크게 못 미친다는 말이기도 하다. 이제는 반대로 표현해야 할 것 같다. "쌀 한 섬 가진 놈이 시겟금 올린다"는 말로 말이다." 조가 쌀에 비해서 귀해진 요즘이니 말이다. 조밥을 먹어 본 지가 몇 년이나 된듯하다. 좁쌀이 요즘은 쌀보다도 훨씬 귀해졌다. 조밥 하면 흰 쌀밥에 노란 조밥이 섞여 있는 모습이 얼른 떠오른다. 조밥을 먹어본 지도 아득하기만 하다. 조는 차조와 메조로 나누는데, 메조보다는 차조가 밥을 해 놓으면 차진 것으로 알고 있다. 일반적으로 차조 메조를 통틀어 서숙이라 부른다.

요즘에 와서 예전에 배고프던 시절에 먹던 곡식이나 음식이 웰빙 음식으로 주목받는다. 그중 차조의 효능을 알아봤더니, 최고의 웰빙 곡물 중의 으뜸 곡물이다. 조는 고지혈증 예방과 혈압 수치를 안정시켜 주는 데 효험이 있단다. 그 외, 심혈관 질환 예방, 빈혈 예방, 기억력 향상으로 치매 예방에도 특효가 있다고 한다. 항산화 작용을 통해 피부 노화 방지와 피부 미용에도 좋단다. 이밖에 소화도 잘되게 촉진하는 효능이 있고 위경련 장염, 이뇨작용에도 탁월한 곡물이란다. 간 기능을 활성화 시켜 간의 해독작용에도 좋단다. 좁쌀에는 칼슘, 철분, 비타민B 등이 많이 함유되어 있어 원기 회복에도 매우 좋단다. 그리고 단백질 무기질 식이섬유가 풍부해 다이어트에도 좋다고 한다. 먹을 것이 없어 어렵게 살던 시절 먹던 좁쌀이 이렇게 좋은 효능이 있는 곡물이라니 실로 놀라움을 금치 못한다. 차조는 현대의 불로초라 해도 과언이 아니다. 인류의 역사만큼이나 뿌리 깊은 좁쌀을 차세대 주요 먹거리로도 손색이 없는 곡식이다.

제3부 오늘이라는 선물

오늘의 봇짐에 각자 무엇을 꾸릴지의 선택은 오로지 개개인의 몫입니다. 우리가 선물 받은 오늘을 헛되이 낭비 말고 사는 것이 중요합니다. 서로서로 귀중히 여기고 도와가며 살아가도 짧은 오늘입니다.

제1장
오늘이라는 선물

우리는 오늘을 살면서 오늘의 귀중함을 모르고 살 때가 많습니다. 누구에게나 당연히 찾아오는 오늘이라 치부할 수도 있지만, 그러나 이 시간이 지나면, 영영 되돌릴 수 없는 오늘입니다. 오늘이 지나면 과거가 되어 묻혀버립니다. 오늘이 과거에 묻혀 버린 후, 가슴을 치며 후회하고 그리워해도 아무런 소용이 없습니다. 지난 후에야 꼭 후회하곤 하는 것이 우리네 삶입니다.

우리가 머무르는 오늘에 후회가 없도록 최선을 다하는 삶을 살고자 노력해야겠지만, 누구에게나 긴 아쉬움을 남기고 하루해는 어김없이 저물어 버립니다. 종교 개혁가인 스피노자는 "내일 지구의 종말이 온다 하더라도, 나는 오늘 한 그루의 사과나무를 심겠다"고 했습니다. 이 말은 원래 독일의 신학자 마틴 루터가 남겼다고도 하는데, 유대인 출신 네덜란드 철학자 스피노자의 말로 더 유명해졌다고 합니다. 이 명언이 누구의 말이건 간에 이 말이 우리에게 던져주는 메시지는 오늘을 사는 우리에게 크나큰 의미를 부여합니다. 오늘 하루의 일은 미루지 말고 오늘 하루 안에 하라는 말로도 들리고, 오늘이 있음에 내일을 준비하라는 말로도 들립니다. 아무튼, 생을 다하는 마지막 순간까지 최선을 다하는 삶을 살라는 말이겠지요. 그러고 보니, 오늘 하루에는 어제도 내일도 담겨있습니다. 오늘이 있기에 어제와 내일을 잇는 다리 역할을 하는 오늘입니다. 우리는 깨어있음에 오늘이라는 귀중한 선물꾸러미를 받습니다. 오늘 안에는 진귀한 선물들이 수두룩합니다. 소중하지 않은 것이 없습니다. 하지만, 자신에게 주어진 선물의 고마움도 모르고 불평불만으로 일삼는 경우가 허다하기도 합니다. 오늘이라는 소중한 선물을 아무렇게나 방치하는 어리석음을 범하지 말아야 합니다. 사람은 오늘보다는 미래 즉, 내일을 꿈꾸며 산다고 말하는 이가 많습니다. 오늘이 있음에 어제도 있고 내일도 존재하는 것일진대, 각자가 처한 현실의 중요성을 망각한 채, 오늘에 감사하는 마음 없이 적당히 살아가는 경우가 허다하지는 않은지, 나로부터 생각해 봐야 하지 않을까 합니다.

어제와 오늘 그리고 내일 중, 가장 중요한 것은 현재 자신이 밟고 있는 오늘이 가장 중요합니다. 우리에게 주어진 오늘은 우리의 노력 여하에 따라 풍성할 수도 빈곤할 수도 있고, 노력 여하에 따라서 풍요로울 수도 있습니다. 때에 따라 뜻밖의 선물도 덤으로 받을 수 있는 오늘입니다. 오늘 안에는 숱한 일들이 일어납니다. 생(生)이 있고 사(死)가 있고, 아름다운 만남과 슬픈 이별이 있습니다. 그리고 웃음과 눈물과 땀방울이 동반하기도 합니다. 우리에게 주어진 오늘의 행복과 기쁨 그리고 슬픔과 불행까지도 모두 소중합니다. 우리는 오늘의 주인공입니다. 오늘의 봇짐에 각자 무엇을 꾸릴지의 선택은 오로지 개개인의 몫입니다. 우리가 선물 받은 오늘을 헛되이 낭비 말고 사는 것이 중요합니다. 서로서로 귀중히 여기고 도와가며 살아가도 짧은 오늘입니다. 주위의 사람에게 늘 감사하는 마음을 건네세요. 그리고 한마디 말에도 모난 말보다는 상냥한 말을 건네세요. 친절을 베풀며 양보하고 배려하는 삶을 산다면, 후회 없는 알찬 하루가 될 것 같습니다. 우리가 사는 소중한 오늘에 감사해 하면서 삶의 향기를 함빡 피우십시오. 인간미가 철철 넘치는 행복한 오늘이기를 소망합니다.

제2장
웃음 띤 얼굴

사람이 웃는 얼굴은 꽃보다 아름답습니다. 사람의 해맑은 웃음에서 아름다운 세상이 열리고 사람의 넉넉한 웃음에 삶의 진리가 담겨있다고 합니다. 모든 사람의 얼굴에 미소를 가득히 머금고 근심 걱정 없이 살아갈 수 있다면, 인간이 꿈꾸는 무릉도원일 겁니다. 주변 동료로부터 또는 이웃으로부터 전해 받은 해맑은 미소에 하루의 피로가 눈 녹듯 사라지는 경우가 있습니다. 신이 인간에게 내린 가장 큰 선물이 웃음이 아닐까 생각해 봅니다.

웃음은 인간만의 특권입니다. 웃으면 우리 몸에는 많은 변화가 있다고 합니다. 웃음은 기분을 전환해주고 몸에 면역을 높여줍니다. 그리고 웃음 짓는 얼굴은 화장한 얼굴보다 더 매력적이고 아름답습니다. 이렇게 좋은 웃음을 우리가 살아가면서 하루에 얼마나 웃고 사는지 가만히 생각해 보세요. 하루에 10분을 호탕하게 웃는 날이 일 년에 몇 날 며칠이나 될까 생각해 보시면, 아마 놀라실 겁니다. 호탕하게 웃어본 날이 언제였던가 생각조차 가물가물하실 겁니다. 바쁜 현대인들은 웃음마저 잃어버린 건 아닌지 심히 걱정됩니다. 우리가 모두 웃음에 인색해도 너무 인색한 거 같습니다. 웃음없는 사회는 삭막합니다. 하루에 10분을 호탕하게 웃고 사는 날이 많지 않다니 서글픈 현실입니다. 하루 24시간 안의 10분은 정말 짧고도 짧은 시간인데 말입니다. 이제부터 나오지 않은 웃음일지라도 좋은 생각을 떠올리며 웃음 연습을 해보세요. 가짜 웃음이라도 좋습니다. 엔도르핀이 솟아난답니다.

누군가를 떠올릴 때, 편안한 미소가 떠오르는 얼굴이 있습니까? 주위에 그런 사람이 혹시 있는지요? 그런 사람이 있다면 생각만으로도 가슴이 포근해 지고 마음이 따스해집니다. 나 자신을 나의 지인들이 떠올리면, 어떤 모습으로 그려질까를 곰곰이 생각해 봅니다. 이왕이면 남들에게 비춰어지는 나의 모습이 넉넉한 미소를 머금는 얼굴로 다가섰으면 좋겠습니다. 미소 짓는 얼굴은 누구든 아름답고 편안함을 주기 때문입니다.

잔뜩 인상을 찡그린 얼굴보다는 미소를 가득 머금은 얼굴이 본인에게나, 보는 이 에게도 좋겠지요? 웃음 띤 얼굴이 상대의 얼굴에도 웃음을 짓게 합니다. 웃음 띤 얼굴로 살아간다면 주위에 더불어 살아가는 사람에게 행복한 향기를 전해주는 것과 같습니다. 오늘부터라도 웃는 인상으로 바꿔 보십시오. 그리하시면 뜻하시는 일들도 아마 잘 풀릴 거라 확신합니다. 웃는 얼굴엔 침 못 뱉는다는 말도 있듯이 아름다운 미소와 웃음은 만사형통의 지름길일 겁니다. 웃음을 함빡 그려 보세요. 웃음 띤 얼굴이 너무 보기 좋다는 말들이 주위에서 들려 올 겁니다. 건강과 행운도 함께 찾아들 겁니다. 그리고 모든 일도 술술 잘 풀려나갈 겁니다. 우리 모두 상대를 향해 미소 지어 주는 웃음 전도사가 됩시다.

웃음이 번져나는 얼굴은 세상을 밝힙니다. 웃음은 사람 사는 살 맛 나는 행복한 세상을 만듭니다. 웃음이 가득한 세상에서는 서로 간 배려하며 친절을 베푸는 아름다운 사회가 될 것입니다. 삶이 아파져 올 때 가만히 웃어 주세요. 웃음은 만병통치약이자 복(福)을 불러들입니다. 이제부터 웃음 연습을 해보지 않으시렵니까? 나로부터 시작해 보렵니다. 여러분께서도 한번 실천해 보십시오. 우리가 사는 참삶을 위해서 그리고 건강한 삶을 위해서 말입니다.

제3장
아차! 하는 순간

사람이 뜻하지 않게 저지른 순간의 착각과 방심이 되돌릴 수 없는 결과를 초래한다. 생명과 재산을 앗아가기도 하며 자신뿐만 아니라 주위의 모든 사람에게까지 엄청난 피해를 준다. 잊히지 않을 잊힐 수 없는 수년 전의 일화가 있다. 지금 생각해 보아도 어이없는 일에 현기증을 느낀다. 입사 초기에 발령받은 근무부서는 보전부서였다. 입사한 지 그리 오래되지 않은, 입사 초년생 시절의 웃지 못할 이야기가 문득 떠오를 때면, 그 날 일들이 몸서리쳐 온다. 모 자동차회사 엔진 가공라인 기계들은 첨단 기계들이라 작업이 없는 날을 잡아, 기계 점검 작업 및 사전 예방 작업을 한다. 그날도 예외 없이 기름으로 얼룩진, 기계 내부 NC, PC 자동제어 청소 및 주요 부품에 대해 예방 작업을 했다.

동료들과 오가는 농담 속에 즐거운 마음으로 일하고 있었는데, 기름으로 얼룩져 잘 닦이지 않자, 궁리하던 동료 한 사람이 어디서 갖고 왔는지, 두 대 되는 주전자에 휘발유를 담아 와서는 기계를 닦자고 한다. 휘발유로 기름때를 수월하게 닦고 있을 무렵 옆에 있던 "갑"이라는 동료가 생뚱맞게 "을"이라는 동료에게 묻는다.

"야! 을 여기 불붙이면 붙어 안 붙어?" 을이라는 동료 어이가 없어 기가 막히는 듯

"나 원 애들노 알겠다."라는 말이 끝나기도 전, "퍽"하는 소리와 함께. 여기저기 있던 기름걸레에 불이 붙고 주전자에서도 불이 활활 타오른다. 순식간에 아비규환이다. 워낙 일순간에 일어난 일이라, 열댓 명이나 되는 동료가 우왕좌왕 소리를 지른다. 불을 지른 갑이라는 동료는 얼마나 급했던지 휘발유 묻은 장갑 낀 손으로 불을 꺼려다 장갑에 불이 붙어, 발악하듯 소리를 지르며 손을 흔들고 비비고 난리일 때 누군가가 소리 질렀다.

"장갑 벗어"

사람이 당황하면 침착해야 하는데, 막상 급한 일이 발생하니 모두 제정신이 아니다. 차분히 대응하려는 자세는 생각할 겨를이 없다. 여러 사람이 합심한 결과 겨우 기름걸레에 붙은 불은 껐다. 여전히 주전자에서는 불길이 활활 타오른다. 만약에 주전자가 엎질러진다면 공장 전체가 불길에 휩싸이는 건 시간문제다. 불을 붙인 "갑"이라는 동료는 어지간히 겁 했던지 이번에는 활활 불붙은 주전자에 얼굴을 가까이 대고 입으로 "후~" 하고 불타오르는 주전자에다 몇 차례 냅다 부는 모습이 보이는가 싶더니, 아뿔싸 불춤을 추며 밀려갔다가 순식

간에 밀려와서는 "갑" 얼굴에 불이 붙어 소리치는 갑을 옆에 동료가 수건으로 얼굴을 덮어 불은 꺼졌지만, 눈썹 머리카락이 그을려 생쥐도 저런 생쥐가 어디 있을까 싶었다.

이제 남은 건 주전자에 타오르는 불이 문제였다. 모두 주전자가 엎질러지면 큰일이라는 걸 알고 있기에 망설이는데 때마침, 옆을 지나던 일명 별명이 헐크라는 타 부서 동료가 그 광경이 우스웠는지, 꼬락서니가 우스웠던지, 거만한 투로 활활 타오르는 주전자에 안전화 신은 발로 주전자 위를 덮었다, 떼기를 반복하면서 비아냥대며 거들먹거리더니, 세상에나 이 무슨 날벼락이란 말인가? 헐크의 오른쪽 바지에 불이 붙어 일명 헐크가 날뛰기 시작한다. 미친년 널뛴다는 표현이 어울릴까? 불붙은 다리를 들고 흔들다, 팔짝팔짝 뛰다, 그래도 불붙은 다리에 불이 안 꺼지니 죽는다고 소리를 꽥꽥거리며, 이리저리 쫓아다니며 울부짖는 괴성이 평상시 헐크의 무게감 있는 모습은 어디 갔단 말인가? 세상에나 가관도 이런 가관을 볼 수 있을까 싶다. 공수부대 출신으로 무게 잡고 다니던 헐크였는데 체면이 말이 아니다. 범에게 물려가도 정신만 차리면 산다는 옛말이 있다. 하지만, 사람이 급하면 앞뒤 겨를 시간이 어디 있을까? 당장 눈앞의 현실을 모면하려는 발버둥치는 본능이 앞서는 것을 어쩌랴. 무심결에 사고를 겪는 사람이라면 누구나 매한가지일 거다. 날뛰는 헐크를 누군가가 쫓아다니며 불붙은 다리에 천을 덮어씌워 불을 껐지만, 헐크의 다리는 작업복이 눌어붙어 화상으로 검게 그을려 있었다. 헐크의 얼굴엔 식겁한 흔적만이 맴돌 뿐이다. 이제 조금은 진정을 찾은 동료들 활활 불붙어 오르는 주전자에 나무 널빤지를 덮어 공기를 차단하여 주전자의 불을 껐다. 주위에 소화기도 몇 대 있었는데 당황하니 보이지 않았다. 기껏해야 5분 내외의 짧은 시간에 일어난 상황이 몇 시간이 지난 간듯하다. 모든 상황은 종료되었지만, 화상을 입은 동료가 문제가 되었다.

화상 입은 헐크는 아직 채가시지 않은 두려움에 눈만 껌뻑이며, 구급차에 긴급히 실려 갔다. 짧은 시간에 일어난 황당하고 어이없는 일들이다. 상식 밖의 일을 겪고 난 동료의 모습들 도무지 이해하려 해도 이해할 수 없는 일이 일어났다. 왜? 그랬느냐고 이유를 물어보니 "갑"은 단순히 장난삼아 라이터 불을 댕겼는데 불이 갑자기 번져 당황했다는 것이다. 지금도 그 기억을 떠올리면 온몸 전율이 부르르 떨리고 절로 웃음이 난다. 불조심! 아무리 강조해도 지나치지 않는 말이다. 만약 그때 주전자 속의 휘발유가 엎질러졌다면 상상하기도 싫은 일이 발생하였으리라. 직원끼리 조용히 처리할 수도 있었지만, 불을 낸 갑이라는 동료의 얼굴과 일명 헐크라는 직원이 화상을 입어 내부적으로 처리될 문제가 아니었다. 회사 안전과에서 나와 경위를 조사하고, 불을 낸 갑이라는 동료는 반성문을 쓰고 경고 조치를 받은 것으로 기억난다. 그리고 헐크라는 직원은 두 달 가까이 병원에 화상으로 입원했었다.

요즘 우리 사회는 무엇이든, 빠르게 앞으로만 원칙 없이 치닫는 성급함이 뒤탈을 나게 한다. 교통사고나 산업 재해도 순간의 방심과 안일한 판단이 생명을 앗아가며, 뜻 없이 무심히 저지른 행동들이 돌이킬 수 없는 재앙을 가져오기도 한다. 급할수록 돌아가라는 속담이 있듯이 조금은 느리게 가더라도 앞뒤를 살피는 여유가 필요하다. 어디에서나 안전사고가 일어날 수 있다. 아무리 강조해도 지나치지 않는 말이 우리가 살아가면서 기억해야 할 안전이다. 안전한 생활은 자기 자신뿐 아니라 모두를 이롭게 한다.

제4장
우리가 바라는 공통점

사람을 생각하는 동물이라 한다. 명석하지만 가끔은 헛된 망상에 사로잡혀 허황한 꿈을 꾸기도 한다. 누구에게나 이상이 있고 꿈이 있다는 것은 좋은 일이지만, 과대망상은 전혀 바람직하지 않으리라. 사람이 살아가면서 운명이라는 것이 이미 정해져 있다고 주장하는 사람과 운명은 스스로 개척해 가는 것이라 말하는 사람도 있다.

인간 누구나 자기 앞에 놓인 운명이 순탄하기를 바라며 산다. 그리고 자기가 나아가는 길에 뜻하는 일마다 운수대통 나기를 바란다. 인간이라면 누구나 바라는 소망이기도 한 것이다. 힘들게 노력하지도 않으면서 일약 천금을 꿈꾸는 이들도 때로는 있다. 땀 흘린 만큼 얻어지는 게 적다고 불평하는 사람도 있을 것이다. 하고자 하는 일마다 순조롭게 풀려나가는 이도 분명히 있을 것이고, 하는 일마다 뜻대로 풀리지 않아 실의에 빠진 사람도 우리 주위에서 볼 수 있다.

언제부터인가, 우리 주위에 복권에 대한 기대 심리로 복권이 날개 달린 듯 팔려나가고 있다 한다. 복권을 사서 간직하고 있으면 일주일이, 한 달이, 부자인 듯하다고들 한다. 만약에 하는 기대 심리가 사람의 마음을 잠시나마 부자인 듯, 가슴 뿌듯해지는 것은 나로부터 우리 주위에서 흔히 볼 수 있는 경우다. 혹시나 가 역시 나로 현실에 부딪히지만, 그래도 인간의 기대심리를 어찌 탓하랴. 복권이 당첨되었다는 사람을 간혹 매스컴을 통해 듣는다. 그러나 땀 흘린 노력의 대가가 아닌, 쉽게 얻은 것은 단언컨대 잠시의 기쁨과 행복을 안겨줄 뿐이다. 그런 요행은 대부분은 불행으로 마감될 수가 있다고 한다. 자신에게 10억 아니 100억이라는 돈이 생긴다면, 뭘 하겠냐고 물음을 던졌을 때, 각양각색의 대답이 나올 것이다. 집을 산다. 차를 바꾼다. 기타 등등 사람마다 다양한 의견이 나올 것이다. 큰 돈이 뜻밖에 생기는 횡재를 바라는 마음은 사람마다 있을 것이다.

주위의 모든 상황이 완벽한 상태에서 얻어지는 성공은 결코 성공이 아니다. 무에서 유를 창조하며 끊임없는 자기 계발의 노력으로 얻어지는 성공한 사람을 우리 사회는 칭송하고 존경한다. 손쉽게 얻은 명예와 부는 손쉽게 떨어져 나간다고 한다. 땀 흘러 노력해 취한 보람 또한 중요 하다고 생각이 든다. 사람 저마다의 성공의 기준도 천차만별이리라. 부의 성공도 있을 것이요, 사회적 명성의 성공도 있다. 개개인 나름의 성공 기준은 조금씩 다를 지은 정, 큰 테두리를 놓고 보면,

성공이란 부와 명예라는 공통점을 소유하리라 생각이 된다. 노력하지 않고 불평한다고 누가 도와주지는 않는다. 자신을 개발하고 땀 흘린 자만이 성공한다는 진리를 모르는 사람은 없다. 하지만, 그 진리를 논하기 이전에 가장 손쉽게 얻는 방법이 있다면, 그것은 한방 터트리기를 바라는 한탕주의다. 달콤한 유혹에 손쉽게 빠지는 사람이 뜻밖에 많다.

세월이 흐르고 나이가 들어가면서 연륜이라는 게 쌓이면서 젊은 혈기의 한탕주의는 차차 사그라지게 된다. 단순한 진리를 우리는 쉽게 인정하려 들지 않지만, 인생을 터득해 가며 느낀 것은 돈이 인생 전부가 아니라는 것이다. 큰 부자가 아니어도 소박한 삶을 행복으로 느끼는 사람도 뜻밖에 많다. 사람의 욕심이란 하나를 얻으면, 둘을 취하고 싶은 게 사람의 욕심이란다. 세상에는 분명히 양지와 음지가 존재한다. 우리 사회에서 요즘 부익부 빈익빈의 문제가 이슈화되었다. 가진 자는 더 취하려 착취를 한다. 상대적으로 소외감을 느끼는 음지에 있다고 한탄하는 빈약 층이 더 늘어간다는 현실이다. 요즘 불경기로 직장을 구하기가 쉽지 않다. 요즘 젊은이 대부분은 큰 욕심을 바라는 것은 아니다. 오로지 취업하기를 갈구한다.

선거철이 되면 정치인은 청년 실업 해소를 공약으로 내건다. 자기가 당선되면, 모든 것이 다 해결될 것처럼 떠들지만, 현실은 그러지 못하다. 청년 실업자가 늘어가고 먹고 살기가 점점 어려워지는 세상에 맞닥뜨려진 현실이다. 우리 사회도 먹고사는 문제 즉, 실업자가 줄어들어 사회가 물 흐르듯 자연스럽게 순환될 때 사회적으로 안정되고 한탕주의도 사그라지지 않을까 싶다. 우리가 소원하는 중산층이 늘어나고 먹고사는 문제, 청년 실업이 해소되는 그 날은 언제쯤일지 손 모아 우리 사회 구성원 모두가 바라는 공통점일 것이다.

제5장
행복(幸福)

오늘도 행복을 찾고 계실 당신 행복은 찾으셨나요? 우리는 행복을 바로 옆에 두고도 찾고 있습니다. 하물며 행복을 거머쥐고도 행복 타령을 합니다. 사람은 생각 차이에 따라 행복의 기준도 달리합니다. 어떤 사람은 일하면서 행복을 얻는다 말하고, 어떤 사람은 가족과 함께 단란하게 외식하거나 여행할 때 행복하다 말합니다. 어떤 사람은 벗들과 어울릴 때 행복하다고 합니다. 그만큼 행복의 조건도 사람마다 각양각색입니다. "당신은 행복합니까?" 라고 질문을 던졌을 때, 힘주어 "네 진정으로 행복합니다."라고 말하는 사람이 몇이나 될까요? 사람은 자기가 누리고 있는 행복을 행복이라고 생각하지 못하고 있는 경우가 허다합니다. 모든 사람은 삶에서 누구나 행복해지기를 원하고 바랍니다. 그리고 누구나 행복할 권리가 있습니다. 그러면 우리가 꿈꾸는 행복(幸福)은 과연 무엇일까요? 국어 사전에는 행복을 생활에서 충분한 만족과 기쁨을 느끼는 상태라 정의하고 있습니다. 사람이면 누구나 꿈꾸는 행복은 과연 멀리 있는 걸까요? 아닙니다. 행복은 우리의 삶에 깃들여져 있습니다.

누구나 행복을 바라면서 행복을 너무 멀리서 그리고 너무 힘들게 찾고 있습니다. 지금 자신이 누리고 있는 소소한 삶들이 당연하다고 치부하며 행복이라 느끼지 못하는 건 아닌지요. 반복되는 일상일지라도 아침에 일어나 마주할 수 있는 소중한 가족이 있고, 일할 수 있는 직장이 있다는 것도 행복일 겁니다. 건강한 몸과 누릴 수 있는 삶이 있다는 것도 분명히 행복일 겁니다. 행복은 이처럼 우리와 함께 머물러 있습니다. 행복은 우리네 삶과 함께합니다. 행복은 결코 멀리 있는 게 아니라, 우리의 삶 주변에 머물고 있습니다. 누구나 감사히 받아들일 수 있는 열린 마음이 있다면, 행복을 누릴 수 있습니다.

사람이 돈이 많다. 지위가 높다고 해서 모두 행복한 것은 아닐 겁니다. 땀을 흘려 노력하여 성취한 것들을 얻은 만족감, 욕구 충족도 분명히 행복일 겁니다. 하지만 일상의 소소한 것들이 우리의 마음을 따뜻하게 해줄 때도 잦습니다. 가족과 함께 오손도손 이야기 나누며 웃음꽃을 피울 수 있다는 것, 그 또한 커다란 행복입니다. 좋은 사람과 함께하는 한잔의 커피에도 누군가가 안부를 물어주는 것도 행복일 겁니다. 그리고 길을 걷다, 활짝 핀 한 송이의 아름다운 꽃을 보고, 향기를 맡는 것도 행복입니다. 일상에서 얻어지는 사소한 듯하지만, 따스한 사람과 대화에도 행복은 베여 있습니다. 현실에 감사하지 못하고, 소소한 행복을 망각한 채 물질 만능주의에 길들어져, 자꾸 신기루만 바라보고 있지는 않은지요. 때로는 참으로 귀중하고 소중한 행복을 놓쳐 버리는 어리석음을 범하며 사는 것이 사람입니다.

우리는 사소한 것에도 쉽게 흥분하며 행복을 쫓아냅니다. 일상에서 늘 마주하는 이에게 배려가 중요합니다. 날마다 마주하는 사람이 행복의 열쇠라는 걸 잊어서는 안 됩니다. 하찮게 내뱉는 말이 남의 가슴에는 비수로 꽂힙니다. 자신이 행복해지고 싶다면, 남의 마음도 헤아릴 줄 알아야 합니다. 멀리 바라보기보다는 가까운 곳에서부터 작은 것에서부터 행복을 찾는 연습을 해보세요. 지금 이 순간도 "난 행복하다 행복해!" 라고 생각하는 긍정의 마음가짐이 있다면 행복은 당신의 것입니다. 행복은 마음먹기 나름이라는 말이 있습니다. 틈나는 대로 "난 행복하다. 나는 행복해"라고 마음속으로 되뇌어 보세요. 그리하면 분명 행복은 당신과 함께할 것입니다. 행복은 우리 주위의 아주 가까운 곳에서, 늘 당신께로 찾아들 준비를 하고 있습니다. 우리 주위에 널려 있는 행복을 담아낼 마음만 있다면, 누구든 손쉽게 담을 수 있는 것이 행복이 아닐까 합니다. 마음의 빗장을 활짝 열어 행복을 받아들이십시오.

사람이 한세상을 살아가노라면 많은 일이 복합적으로 뒤엉

킵니다. 하나씩 매듭을 풀어나가는 것도 행복일 것입니다. 삶 속에는 행복과 불행도 존재합니다. 행복과 불행은 생각 차이에 불과하다고 했습니다. 긍정적인 생각은 좋은 결과를 부정적인 편견은 무능력한 결과를 불러온다 했습니다. 현실을 겸허히 받아들이고, 긍정적인 마음가짐을 가지세요. 자신이 처한 지금 이 순간이 가장 큰 행복이다. 라는 말이 있습니다. 남의 행복은 좀 더 커 보이고 자신의 행복은 작아 보인다고요? 행복은 비교 대상이 될 수 없습니다. 자신이 처한 현실이란 마음 밭에 긍정의 씨앗을 심으십시오. 긍정의 씨앗은 행복을 탐스럽게 맺어 놓을 것입니다.

제6장
로봇화되어가는 현대인

현대 사회를 첨단 사회라 한다. 하루 다르게 급속히 첨단화되어 가는 전자 제품의 기능을 익히기도 버겁다. 컴퓨터 세대가 아닌 중년 이후의 기성세대는 아무래도, 첨단 전자화 시대에 조금은 뒤진다. 나날이 경쟁하듯 출시되는 전자 제품들이다. 우리에게 주는 편리함만큼이나, 우리가 잃어버리고 사는 것은 없는지를 생각해 보게 된다.

전화기가 보급되기 전까지만 해도, 편지는 안부를 주고받는 유일한 방편이었다. 객지에 나간 자식들이 정성 어린 사연을 담아 편지를 보내오면, 부모님은 그 편지를 읽고 또 읽으며 외우듯 사연을 마음에 담는다. 청춘 남녀도 연애편지를 주고받으며, 사랑을 고백하기도, 확인하기도 했던, 유일한 소통의 방편이 편지였다. 우체부 아저씨를 보면, 왠지 희소식이 올 것만 같아, 우리 집 편지는 없는지 물어보던 때가 엊그제 같기만 하다.

1980년대 초까지만 해도 집 전화기를 보유하고 있으면 부자 축에 들었다. 부의 상징처럼 과시형이기도 했던 시절이 있었다. 차츰 전화기가 보편화 되어 보급되면서, 우리 시골 마을에도 이장 댁에 군에서 나오는 전화기가 한 대가 마을 대표전화로 놓이게 되었다. 객지로 나간 자식들이 급한 일이나 안부 전화를 이장 댁으로 전화하면, 마을 확성기 방송을 통해 쩌렁쩌렁하게 동네가 떠날 갈듯, 이장님의 목소리가 흥에 겨운 듯 울려 퍼진다. 온 동네가 어느 집 누구네 전화가 왔는지 자연스레 알게 된다.

"아~아~ 전해 드립니다. 갑돌이네, 서울 사는 길동이가 전화 왔으니, 얼른 와서 전화 받으세요."

확성기를 통해 울리면, 반가운 마음에 밭일, 논일하다 말고 단걸음에 달음박질치듯 달려가는 모습을 보던 때가 엊그저께 같다.

그런 시절도 있었냐는 듯이 오늘날에 와서는 누구나 개인 휴대전화를 보유하는 시대가 되었다. 외국이든 국내든 언제라도 안부를 주고받으며 이야기 나눌 수 있다. 실시간 영상 전화를 하여 얼굴을 맞닿고 안부 전하는 시대가 되었으니, 어릴 적 공상 만화에서나 꿈꾸던 바람이 현실화된 것이다. 참! 좋은 세상이요. 편리한 세상이다. 하지만 편리한 만큼, 사람과 사람의 관계는 소중함을 모르고 메말라가는 듯한 느낌이 들기도 한다. 편지를 주고받던 시절, 조금의 불편함이 있을지라도 그리움과 애틋한 사연들이 정성으로 꼼꼼히 써 내려 가던, 정이 듬뿍 담긴 인간미가 담겨 있었다. 그러던 편지는 세상 뒤편으로 밀려났다. 막연한 기다림이 있었고, 애틋하게 가슴 설레는 소중함을 잊어버린 현실이 안타깝다. 불편함이 있었을지라도 아련한 추억에 묻어나는 그 시절이 가끔은 그리워지는 이유는 무엇인지, 우리 세대까지만 간직하는 아련한 추억일 것이다.

요즘은 어떠한가?. 휴대전화를 집에 놓고 오거나 잊어버리면 불안하고 자기 한쪽을 떼어 놓은 듯 허전하기만 하다. 길거리를 다니면서도 통화를 하는 세상이다. 문자를 주고받고 깔깔거리며 웃고, 필요한 정보나 도로 소통 사정, 맛있는 음식점까지 찾아주는 편리한 세상이다. 스마트폰을 검색해 일러주는 대로 가는 사람이 로봇이 되었다. 휴대전화기에서 한시도 눈을 떼지 못하고 온 정신이 휴대전화에 빠진듯하다. 사고가 날까 걱정스러울 정도이고 보면 심각한 현대인의 습관적 병폐이다.

요사이 우리나라 길거리 풍경은 다정스레 정감 주고받으며 여유롭게 걷는 길이 아니라, 조그마한 전자 제품에 이끌려 사람도 전자화되어 가는듯하다. 편리함도 좋지만, 감성이 척박해지는 것은 아닌지, 한 번쯤 생각해 볼 일이다. 소박하면서도 정성이 담긴 편지와 전화 한 통에, 자기 일인 양, 온 동네가 떠나갈 듯, 흥에 겨운 풍경이 사라져 버렸다. 사람 냄새 나는 그 시절이 가끔은 그리워지는 이유는 무엇일까? 편리한 만큼 잃어버리고 사는 것은 무엇인지, 사람 살아가면서 풍기는 진한 사람 내음, 그리고 정을 잃어가고 있다. 사람이 첨단 전자화에 길들어지는 느낌을 지울 길 없다. 사람이 발명한 제품에 사람이 길들어져, 로봇화되어가는 것 같은 현실이 씁쓸하기까지 하다.

제7장
여유

커피 한잔에 담아보는 여유가 있어 좋은 나절이다. 문득 하늘을 찬찬히 둘러 본다. 파란 가을 하늘 참 넓기도 하다. 마음이 뻥 뚫린 듯 편안해진다. 언제나 볼 수 있는 하늘이지만, 누구나 볼 수 있는 하늘이건만, 글쎄 마음의 여유를 가지고, 하늘을 찬찬히 쳐다 본적이 언제였는가 싶다. 나뿐 아니라 모든 사람 또한 그러하리라 생각해본다. 잠시 만이라도 잡다한 생각을 떨치고, 넓은 하늘을 품는다면 속박된 삶에서 벗어난 느낌이 절로 들 것이다. 이 짧은 시간조차 누릴 시간을 허락하지 않는다면, 자신에게 너무 가혹한 것이 아닌가? 현대를 살아가면서 마음의 여유를 잃어버리고 사는 것은 아닌지 나 자신에게 묻는다. 우리는 급박하게 돌아가는 삶에 쫓겨, 허둥대면서 자신의 고유 권한인 마음의 여유를 누릴 수 있는 자유마저 빼앗기며 구속당하며 산다는 느낌이 든다.

현실이란 굴레에 갇혀 다람쥐 쳇바퀴 돌 듯이 하는 것이 현대인의 삶이다. 특정 범위를 벗어나면 왠지 큰일이라도 날 것처럼 다수의 사람은 마음을 졸이며 심적으로 여유가 없다. 예민할 대로 예민해진 사람들이다. 누군가가 손 내밀어 다가서면 지레짐작으로 해코지하지나 않나 하고 과민반응을 보이기도 한다. 서로서로 못 믿는 불신 풍조가 점점 우리 사회에 깊이 뿌리를 내리는 것 같다. 누군가가 자신에게 다가서는 것도 의심이라는 병폐로 장막을 씌운다. 조금이라도 의심스러우면 공격성으로 돌변한다. 마음의 여유가 그만큼 없다는 뜻일 게다. 우리 사회 구성원 모두 몸과 마음의 치유가 절실히 필요하다. 요즘 힐링 붐이 일어나는 것도 이러한 맥락을 같이하고 있다. 날마다 반복하는 일상의 틀에서 벗어나 무작정 어디론가 떠나고픈 마음이 드는 건, 비단 나만의 생각만은 아닐 게다.

현대인들은 스스로가 쳐놓은 굴레에 갇힌 일상의 포로 같다. 하루하루 되풀이하는 생활에서 벗어나지 못하고 있다는 생각은 나만의 생각일까? 행동하는 것도 생각하는 것도 늘 같은 틀 안에 갇혀 있기 때문이다. 물이 흐르지 않으면 썩는다. 머물러 있는 생활도 병들기 마련이다. 우리에겐 생각의 전환이 필요하다. 더 나은 내일을 위해서 아니 건강을 위해서라도 틈을 내어 일탈을 권하고 싶다. 가끔은 일상의 틀을 박차고 콘크리트 굴레에서 벗어나 자연의 품에 안겨보시라. 프랑스의 작가 장 그라니에는 행운의 섬이란 글에서 "여행이란 아마도 일상적 생활 속에서 졸고 있는 감정을 일깨우는 데 필요한 활력소."라 말했고 "여행은 자기 자신에게서 도피하는 것이 아니라 자기 자신을 되찾기 위해서 한다."라고 했다. 여행은 자신을 버림으로써 새로운 자기 자신을 만나는 여정이라는 그의 해석이 마음에 와 닿았다. 아무리 바쁜 일상일지라도 틈을 내어 여행하며 살라고 권하고 싶다. 정녕 시간이 낼 수 없다면 주말을 맞아 야외로 나가 자연의 품에 안겨 힐링하시라. 마음의 여유를 찾아드리고 싶다. 자신의 활력을 위해서라도 우리 사회의 생동감 있는 활력을 위해서라도 때때로 일탈을 권장한다. 닫아 놓았던 마음의 빗장을 풀어 단절하고 살았던, 마음의 여유를 찾으시라 당부해본다.

제8장
자신에게

삶을 살면서 가끔은 삶 자체를 자신의 관점에서 역발상으로 바라보는 것도 나쁠 거 같지 않다는 생각을 해 봅니다. 남이 아닌 자신을 위로하는 시간을, 가끔 가져보시라 권하고 싶습니다. 주위에는 끝없이 감사를 전하면서도, 자신에게는 과연 얼마나 감사를 하며 사시는지요? 남이 나에게 베푸는 사소한 것에는 감사하면서도, 자기 자신을 얼마나 위로하며 사시는지 묻습니다. 남에게 자신은 존경받기를 바라면서도, 하물며 자기 자신은 얼마나 존경하시나요? 자기 자신을 위하며 살고 있는지, 성찰해보는 시간을 가져보는 것도 필요하다고 생각합니다. 진작 자신인 나에게는 정중히 위로를 건네본 기억은 그리 흔치 않을 겁니다. 사람은 자신을 스스로 한없이 학대하는 경우가 있습니다. 모든 것을 자신의 탓으로 돌리며 가혹하리만큼 자신을 힐난하는 건, 무슨 까닭입니까?

남들은 모두 행복해 보이는데, 자신만 불행하다고 생각한 적은 없나요? 그것은 마음가짐의 문제입니다. 누구나 한두 가지씩의 근심 걱정거리를 안고 살아간다고 했습니다. 인생은 언제나 맑지만은 않습니다. 맑은 후 흐림, 흐린 후 갬, 흐린 후 한때 비, 인생은 날씨와도 같습니다. 때에 따라서 비가 내리기도, 눈이 내리기도, 덥기도, 춥기도, 한 것이 인생입니다. 자연에 순응하며 살 듯, 자신이 자신을 믿으며, 자신을 위할 줄 알아야, 남도 위할 줄 알고, 삶이 행복해집니다. 살면서 인정할 건 인정하며 살아야 합니다. 때로는 자기 자신이 못 미더워 자신에게까지 진실하지 않은 경우가 있습니다. 자신이 자신을 사랑하지 않고 구박하면서, 남으로부터 사랑받기를, 존경받기를 바란다면, 그 얼마나 어리석은 일입니까?

늦지 않았습니다. 이제부터라도 자기 자신에게 용기를 주는 말을 건네보세요.

"넌 정말 좋은 사람이야." "오늘 하루도 수고 많았어." "괜찮아 그럴 수 있지 뭐" "그래 할 수 있어." "잘한 거야" "나니깐 해냈던 거야" "잘하고 있어." "참기를 아주 잘한 거야" "항상 행복할 거야" "잘될 거야" 등등…

하루하루를 자신에게 이렇게 용기를 건네고, 감사하는 마음가짐으로 살아간다면 무엇이 걱정일까요? 긍정적인 사고로 살아가는 자세가 중요합니다. 자신에게 용기를 불어넣으며 힘찬 응원을 보내보세요. 자신을 사랑할 줄 아는 사람이 남을 사랑하는 법입니다.

제9장
그 시절을 아십니까?

우리나라는 1970년대에 농업화에서 산업화로 넘어오던 과도기였다. 그 이전에도 더욱이 살기 힘든 시기였겠지만, 그건 이야기로만 들었지 겪고 직접 생활해 보지 않았으니, 접어두고서라도, 내가 겪고 자라난 1970년대 이야기를 해볼까 한다. 내가 자라던 시기는 전국적으로 새마을 운동이 한창이던 시기였다. 새마을 운동 노랫말처럼 초가집도 없애고, 마을 길도 넓히고, 푸른 동산 만들어 알뜰살뜰 다듬세~ 살기 좋은 내 마을 우리 힘으로 만드세~ 소득 증대, 부자 마을 등, 사회 전반적으로 역동의 시대였다. 내 고향은 한적한 농촌 마을이었다. 어린 기억 속에는 노래 가사처럼 실제 새롭게 변모하는 마을이 뇌리를 스친다. 이 무렵 내가 사는 마을에도 전기가 처음 들어왔다. 불과 50년이 채 되지 않은, 그리 머지않은 이야기가 가마득한, 옛이야기가 되어 버린 현실이다.

국가적으로 잘살아보자는 새마을 운동은 어린아이들까지

동참했던 운동이 아닌가 싶다. 마을마다, 국민학교(지금의 초등학교) 학생들의 모임인 애향단은 일요일이면, 동네 골목길을 쓸고, 마을 어귀에 꽃동산 꽃길도 가꾸었다. 집안 일손이 모자라 어린 꼬막 손으로 집안일도 알아서 도왔다. 망태기에 소 꼴을 베어오는 일 등, 할 수 있는 일은 스스로 도왔다. 이러한 모습들은 또래가 모두 그렇게 했으니 자연스러운 풍경이었다. 아니 당연히 해야 하는 것으로 알고 자랐다. 놀이 문화는 혼자가 아닌, 함께 어울려 하는 놀이가 많았다. 사내아이들은 검정 고무신을 신고 공차기도 하고, 자치기를 하던 놀이도 즐거웠고, 계집아이들은 공기놀이와 고무줄놀이를 하며 부르던 동요가, 귓전에 가랑가랑하게 들려오는 것 같다.

살기 힘든 시절, 가난을 숙명으로 여기며 살았었다. 집집이 고만고만한 아이들은 줄줄이 엮어 놓은 듯 낳아, 궁한 살림살이는 모두 이만저만 하였던 때다. 마을에 상가(喪家)나 잔칫집이 있으면, 아이들은 끼리끼리 우르르 모여가 배를 채웠고, 시장이 반찬이라 했던가? 부엌 가마솥에 보리쌀에 감자를 같이 넣어 안쳐, 김이 모락모락 피어나면 으레 밥때가 된 것을 알고, 알아서 모여들어 챙겨 먹어야 했다. 개개인의 밥그릇이 어디 있었는가, 두리 반상 위에 밥을 양푼에 가득 퍼 놓으면, 한 숟가락이라도 더 먹으려 부산을 떨며 숟가락질하던 고만고만한, 또래 형제자매의 모습들은 지난 후 생각해보니, 눈물겹도록 목이 멘다. 흰 이밥을 구경하기란 제사나 명절 때 외엔 힘들던 시절, 아버지 밥상 밥그릇에는 그래도 흰 이밥 올라와 남길라치면, 한 숟가락 떠먹는 것이 횡재나 다름이 없었다. 그 시절 하루 세끼에 먹는 집은 그래도, 그럭저럭 사는 집이었다. 위에서 아래로 내리받아 입은 옷들은 꼬질꼬질해졌어도, 모두 그러했으니 창피를 몰랐었다. 애들의 얼굴에는 누른 코를 흘리고 있었고, 얼굴과 머리에는 영양실조로 마른버짐이 피어난 모습의 아이들도 많았다. 손등은 대부분 추위에 터 있었다. 모두 살기 어렵고 힘든 시절, 하지만 아이들의 티 없이 순수하고 해맑은 모습은 꽃보다 아름답고 향기로웠던 것 같다.

1970년대 까지만 해도 쌀 생산량이 수요와 공급의 균형을 맞추지 못하여, 쌀 부족으로 쌀밥을 풍족하게 먹을 수 있는 사람은 그리 흔치 않았다. 이런 쌀 부족 문제 해결을 위해 혼식과 분식을 강제하는 식생활개선 정책이 시행되었다. 명절 때면, 어지간한 집은 큰마음 먹고, 쌀 막걸리 담그는 집이 보통이 이었으나, 쌀 막걸리 담그는 것은 절미운동의 목적으로 정부에서 금하였다. 명절을 앞두고 수시로 단속이 나오면 집집이 숨기고 했던, 기억과 어느 집은 발각이 되었다는, 이야기가 뇌리에 남아있다. 그 시절은 교육 당국에서도 혼분식장려운동에 동참하여 학교에서는, 도시락 검사를 통해, 가정에서도 혼분식을 하도록 유도하였다. 지금은 쌀이 남아돌아 쌀 소비장려 운동을 전개하는 시대이니 살기 좋은 시대임은 틀림없다. 그리고 배고픈 그 시절 먹던 음식들이 건강식품이 되어 너도나도 찾고 있으니, 세월의 얄궂은 장난이라 말을 해야 할 것이다. 모두가 가난했지만, 그래도 훈훈한 인간미가 넘치던, 그 시절의 생활상을 머릿속에 고이 찍어두었던, 흑백필름을 현시점에서 다시금 되돌려보니, 그리 멀지도 않은 시절 이야기가, 가마득히 먼 옛이야기가 되어, 힘들고 고달팠지만, 그래도 아름답고 그리운 풍경들로 나의 머릿속에 오롯이 담겨있다.

제10장
우리의 먹거리 문화

"식사하셨습니까?" 우리가 흔히 건네는 인사말 중의 하나다. 옛날 보릿고개 시절 일반 서민들은 끼니를 거르는 것이 예사였다고 한다. 한 끼 한 끼를 때울 수 있다는 것만으로도 감사했던, 그 시절이 있었다. 모두가 어렵게 살던 때, 상대방에게 식사했냐고 걱정해 주던, 우리 이웃의 마음씨가 고스란히 엿보인다. 배고프던 시절 누구에게나 배불리 먹는 것이 소원이었을 것이다. 우리는 요즘 아침, 점심, 저녁, 하루 세 끼를 먹는다. 물론 살을 빼려고 한 끼를 굶는 사람도 있다. 바쁜 일상에 아침을 못 챙겨 먹는 이도 적잖다. 그렇지만 대부분 사람이 하루 세끼를 챙겨 먹는다. 조선 시대 나온 문헌을 보면, 조선 시대는 두 끼가 기본이었다고 한다. 아침저녁으로 두 끼를 먹었는데, 그래서 식사를 조석(朝夕)이라고 부른다는 것이다. 궁중에서도 백성의 배고픔을 함께하고픈 마음이었을까? 왕도 수라상을 아침저녁에만 올리고 점심은 간단한 다과를 올렸다고 전한다. 뒤집어보면, 그만큼 먹을 것이 부족했다는 방증 자료일 것이다. 배고프던 시절, 누구나 배불리 먹어 보는 것이 소원이었을 것이다. 옛날에는 먹을 것이 있으면, 모든 것이 해결되는 순종형 사회였다. 잘 차려진 밥상을 받아 보는 것이 간절한 바람이기도 했었다. 배고픈 삶을 살았던 이야기가 남의 나라 이야기가 아닌, 우리 민족의 삶이었다.

이세 한 끼 한 끼를 걱정하던 시절의 이야기는 옛 전설 속으로 묻혀 버렸다. 급속한 경제성장의 발전으로, 우리나라의 의식주 문화도 상상을 초월할 만큼 변했다. 입는 옷도 명품 브랜드를 쫓아가고, 집도 한옥에서 양옥집으로 바뀌었다. 그 중 우리의 먹거리 문화양식도 변화가 생겼다. 먼저 아궁이 문화에서 가스레인지 문화로, 밥상문화에서 식탁문화로 바뀐 지 오래다. 그만큼 음식 준비도 간편해진 것과 동시에 편리해졌다. 현대식 주방문화로 음식도 다채로워졌음은 물론이겠거니와, 음식도 적정하게 만들어 그때그때 먹는다. 예전과 비교하면, 누구나 손쉽게 인스턴트 음식을 요리해 먹을 수 있다. 좋은 먹거리가 있으면 멀어도 찾아가서라도 먹는 시대가 되었다. 그리고 몸에 좋은 제철 음식을 찾아다니며 챙겨 먹는다. 음식도 양보다 질을 따지는 시대가 되었다. 오늘날의 먹거리는 차고도 넘친다. TV 채널을 돌리면 어렵지 않게 음식을 다루는 방송이 봇물이 터지듯 한다. 음식을 먹으면서 방송을 하는 것을, 젊은 세대들은 먹방 방송이라는 신조어를 만들어 냈다. 먹방 방송으로 시청자를 은근히 먹거리를 찾게끔 유도한다. 인류의 등장 이래 어느 시대보다 풍요로운 먹거리를 사람들에게 제공하고 있는 것이 현시대다. 하지만 곳곳에서 발생하는 문제점 또한 적지 않다. 그것은 넘쳐나는 그릇된 음식문화이다. 하루속히 우리 체질에 맞게 개선되어야 할, 시급한 과제이기도 하다. 음식물 쓰레기 이것은 낭비이면서 동시에 처리비용도 사회적으로 큰 부담이 되고 있다. 식생활문화 개선으로 음식쓰레기를 줄이기 위한 운동도 활발히 전개되어야 한다.

오늘날 우리 사회는 하루가 다르게 변화하고 있다. 이러한 세상에 살아가다 보니, 당연히 새로운 문화를 많이 접할 수밖에 없다. 새로운 물질과 문화를 소유하고 싶은 충동이 당연히, 우리 자신을 지배해간다. 우리 것은 제쳐놓고, 어느 틈엔가 음식 문화가 서서히 서구화 음식 문화에 잠식되어 가고 있다. 도시는 물론 농촌까지도 외국 음식점이 속속히 자리를 차고 들어와, 우리 음식점을 밀어내고 버젓이 터를 잡고 주인행세를 한다. 우리 속담을 인용하자면 "굴러온 돌이 박힌 돌을 뺀다"는 격이다. 처음에는 호기심으로 맛본 서구 음식이 전반적으로 젊은이들의 입맛을 사로잡아 버렸다. 요즘 같은 세계화 시대에 무조건 배척해서도 안 되지만, 그렇다고 우리의 전통성을 상실해 가면서까지, 맹목적으로 서구 음식 문화를 지향하는 것은 문제다. 주객이 전도되어 버렸다. 전화 한 통이면 배달되는 패스트푸드 음식이, 서서히 우리 먹거리에 자리매김하고 있다. 영양 가득한 식단에 각종 영양 보조재까지 먹거리가 넘쳐나 이제는 과다한 음식 섭취로 과체중과 각종 성인병이 늘어나고 있는 심각한 현실에 당면했다. 음식을 앞에 두고 비만과 다이어트 사이에서 고심하는 사람이 한둘이 아닐 것이다. 이 또한 현대인들의 아픔이다.

사람이 살면서 먹는 재미를 빼라면 무슨 낙으로 살아가냐고 되묻는 사람이 많을 것이다. 하지만 무엇이든 과하면 탈이 나기 마련이다. 요즘은 먹거리 문화도 변해가는 추세이다. 맞춤형 웰빙 음식으로 자기 몸에 맞게끔 건강식단을 짜는 것이다. 암, 당뇨병, 심장병, 신장병, 고혈압 등, 성인병을 예방하고자 하는 현대인의 먹거리 문화가 이제 새로운 먹거리문화로 서둘러 정착하려 한다. 우리가 배고픈 시절에 먹던 1960, 70년대 잡곡, 산나물, 들나물 위주의 식단이 건강식품으로 주목을 받는다. 그리고 소식(小食)이 건강에 좋다. 음식의 유혹 앞에서 벗어나기란 결코 쉬운 일이 아니다. 건강한 삶을 살고자 하는 현대인들은 체질개선을 서두르고 있다. 이 세상에는 맛있는 음식이 많고도 많다. 맛있는 음식은 뇌 속에 깊이 각인되어있다. 많고 많은 음식 중에서 지금 무엇이 먹고 싶으냐고 묻는다면, 단연 어머니께서 해주시던 손맛일 것이다. 길들어진 그 입맛이 그리운 것은 어머니의 사랑이 가득 들어간 정성이 있기 때문이리라. 그리고 눈물 나도록 고마운 어머니에 대한 향수 때문이기도 하다.

제4부 표현하는 아름다움

주위의 사람에게도 살며시 향기로운 말을 건네보세요. 반갑습니다. 감사합니다. 고맙습니다. 멋져요, 예쁩니다 등, 이 단순한 표현들이 자신에게는 물론, 상대에게도 보약과도 같아, 삶의 기운을 북돋우어 줄 것입니다.

제1장
표현하는 아름다움

어린아이가 울고 있다면 무조건 달래려 들것이 아니라, 울고 있는 까닭부터 파악하여, 울음을 그치도록 하는 것이 순리일 것입니다. 배가 고프다든지, 아프다든지 하는, 무슨 이유가 분명히 있을 겁니다. 어릴 때부터 우리는 "울면 안 돼!" 하는 말들이 우리 귀에 굳어진 언어들입니다. 밝은 모습만을 강요받으며 자라난 것 같습니다. 대체로 슬픔이라는 감정을 숨기기에 분노하는 감정을 가두기에 바빴습니다. 울거나 슬퍼해서는 안 되는 양, 부끄러운 것인 양, 길들였다는 느낌을 지울 수 없습니다. 감정을 있는 그대로 표현할 줄 알아야, 다채로운 삶을 영위할 수 있다 했습니다. 우리의 삶에 표현하는 감정은 원초적 본능이고 지극히 아름다운 것일진대 말입니다.

사람의 감정 표현은 기쁨, 슬픔, 아픔, 분노, 짜증, 두려움, 크게 여섯 가지일 것입니다. 사람이 살아가면서 꼭, 필요하기에 신이 내리신 표현할 수 있는 선물입니다. 이 표현들이 어우러져 세상은 돌아갑니다. 세상에 아름다운 것을 보고도, 슬픈 일을 당하고도, 그리고 아프면서도 표현할 수 없다면, 이 얼마나 큰 비극일까요? 우리가 살면서 느끼는 사소한 일에도 감사하는 표현을 하며 사는 습관을 기르는 것이 중요합니다. 주위의 사람에게도 살며시 향기로운 말을 건네보세요. 반갑습니다. 감사합니다. 고맙습니다. 멋져요, 예쁩니다 등, 이 단순한 표현들이 자신에게는 물론, 상대에게도 보약과도 같아, 삶의 기운을 북돋우어 줄 것입니다.

사람은 표현하지 않으면, 그 사람이 무슨 생각을 하고 있는지, 가늠하기가 쉽지 않습니다. 좋으면 좋은 대로, 싫으면 싫은 표정을 지어야 의사소통이 물 흐르듯이 흐릅니다. 뜻했든 뜻하지 않았든 자신으로 인해, 상대의 감정이 격앙되었을 때, 한발 물러설 줄 아는 지혜, 그 또한 상대를 배려하는 표현 방법입니다. 미안하다는 말은 상대에게 자신의 미안한 감정을 표현하는 수단이기도 합니다. 유감 표시이자 사과의 시작 점이라 할 수 있습니다. 사과는 용기입니다. 그리고 부끄러운 것이 절대 아닙니다. 상대의 감정이 조금 누그러뜨려 들 때를 기다려, 진솔한 대화로 풀어나가는 것이 분쟁을 해결하는 수월한 방법입니다. 자신을 존중해주는 상대에게는 악감정을 품는 사람은 없을 것입니다. 흐르지 않고 고인 물은 썩기 마련입니다. 사람의 마음에 담은 감정도 마찬가지가 아닐까 합니다. 섭섭한 일이 있으면, 그때그때 소통을 하며 풀어내야지, 만연 참고 있는 것만이, 능사가 아닐 것입니다. 감사하는 마음의 표현, 미안해하는 마음의 표현은, 삶의 입맛을 맛깔스럽게 돋우는 양념 같은 것입니다.

우리가 살아가면서 겪는 기쁨은 함께 나누면 배가 되고, 슬픔은 나누면 반으로 줄어든다고 했습니다. 우리 한민족은 마음이 따스합니다. 우리 민족의 나누는 문화는 우아하고도 맛깔스럽습니다. 이웃의 대소사에 자기일 같이 두 팔을 걷어붙이고, 좋은 일에는 함께 기뻐하고, 슬픈 일에는 함께 슬퍼하던 문화는, 우리 조상들이 나누려는 삶의 표현이었습니다. 시대에 따라 차차 퇴색해 가는 것이 크나큰 아픔이지만, 아직도 그 아름다운 마음씨가 우레네 가슴속에 숨을 쉬고 있어, 그나마 다행스러운 일입니다. 우리 곁에 힘든 이웃이 있다면, 이들의 마음을 돌보고, 이들의 고통을 나누려는, 따스한 사람들이 있어, 우리가 사는 대한민국은 훈훈합니다. 나누려는 마음의 표현, 이 또한 사람에게서만 나는, 아름다운 향기입니다.

요즘 유행하는 말에 "있을 때 잘해"라는 말이 있습니다. 그렇습니다. 떠나 보내고, 지난 후에야 후회하지 말고, 소중한 사람이 옆에 머무를 때, 사랑하는 사람에게, 가슴에 묻어두었던 사랑하는 마음을 표현하세요. 절대 묵혀두지 마시기 바랍니다. 작지만, 아름다운 행동의 표현들이 나를 바꾸고, 세상을 바꿉니다. 행동하는 표현이 있어야 살맛 나는 세상이 됩니다. 표현하는 향기는 사람과 사람의 단절된 가슴에 소통의 다리를 놓습니다. 표현하는 아름다움이 있어 진정 우리네 삶은 윤택합니다.

제2장
삶은 첫 만남의 연속

우리는 삶에서 "첫"이란 글자, 처음이란 말의 의미를 소중히 여기며 살아갑니다. "첫"이라는 말을 들으면 왠지 모르게 가슴에 울림이 있습니다. 살면서 처음이라는 단어가 주는 설렘의 향기와 여운은 오래도록 가슴에 흘러 돕니다. 처음이라는 단어가 주는 의미는 여러 갈래가 있을 겁니다. 첫 만남, 첫사랑, 첫 아이, 첫 출근, 등이 있습니다. 처음이라는 것은 만남이 시발점입니다. 처음이란 말속에는 설렘과 두근거림, 말로는 형용할 수 없는 야릇한 떨림이 있습니다. 잔잔한 가슴 호수의 물결 위에 설렘의 떨림은, 작은 점 하나에서 크디큰 원을 그려 나가 해처럼 달처럼 번져나는 듯합니다. 그 첫 만남의 설렘이 기쁨이 될 수도, 불행이 될 수도 있는 기이한 인연이 됩니다. 오늘 하루도 뜻했든 뜻하지 않든 간에, 첫 만남이 기다리고 있습니다. 우리 주위의 모든 사람은 첫 만남의 인연을 유지하며 더불어 살아갑니다. 모든 인연은 첫 만남에서 비롯됩니다. 우리가 살아가는 자체가 만남의 연속이기 때문입니다.

처음이라는 것은 만남과도 상통합니다. 첫 만남에서 겉모습이 아닌, 따스한 내면을 읽을 낼 수 있다면, 얼마나 좋을까 생각해 봅니다. 사람이 사회생활을 하면서 새로운 인맥을 만들어 나갈 때, 첫인상이 중요합니다. 사람과 사람의 관계에서 첫 만남, 칫 느낌은 한 사람의 인생행로를 바꾸게도 합니다. 공적이든, 사적이든, 우연히든, 사람과 사람의 첫 만남, 첫 대면에서 두뇌에 인식되는 그 사람에 대한 호감은 3초에 결정 난다고 합니다. 첫인상이 중요하다는 것을 누구나 느낄 겁니다. 첫인상은 자신을 상대의 가슴에 비추는 거울과 같습니다. 맞선을 보거나, 어떤 면접을 볼 때, 오랜 시간을 옆에 두고 볼 수는 없습니다. 그러기에 짧은 시간에 몇 마디의 말을 건네면서, 첫인상을 보고 그 사람의 됨됨이를 판단해 버립니다. 첫인상으로 상대를 판단하는 것은 어찌 보면, 어리석은 일이기도 합니다. 3초 안에 찍혀버린 첫 이미지를 다시 바꾸기란, 어지간해서 쉽지 않기 때문입니다. 사람은 보이는 것만, 믿어버리는 구조적 모순의 존재입니다.

상대에게 좋은 느낌을 주는 첫인상의 세 가지는 조건은 대체로 신뢰감, 자신감, 친근감이라 말할 수 있습니다. 마음을 주어도 믿을 수 있는 사람인가? 상대를 배려하고 자신을 표현할 줄 아는 자신감이 차 있는 사람인가? 다가가기 쉬울 것 같은 마음 편한 사람인가? 이 세 가지를 충족할 수 있다면,

상대방에게 호감을 줄 수가 있을 겁니다. 그러기에 누구나 첫 만남에서 상대에게 잘 보이려 부단히 노력합니다. 사람의 첫 인상에 나타나는 호감은, 잘 생긴 용모를 말하는 것은 아닙니다. 물론, 잘 생긴 용모로 상대에게 좋은 인상을 심어준다면야 더할 나위 없겠지만, 수려한 용모가 아니더라도 상대에게 믿음과 친근감을 주는 첫인상은 내면에서 풍깁니다. 혹시라도 나쁜 인상을 지녔다고 낙담하지 마십시오. 인상은 자신의 노력 여하에 따라 바꿀 수 있습니다. 자신이 변하고자 하는 마음가짐이 있으면, 얼마든지 바꿔 나갈 수 있는 것이 인상입니다. 상대방에게 비호감형으로 각인되기보다는 호감형으로 인식되기를 바라는 마음은 사람의 공통된 바람일 겁니다.

사람은 새로운 만남을 통해 인간관계를 형성합니다. 태어나면서 가족이라는 울타리 안의 혈육과 첫 만남이 있습니다. 그리고 성인이 되기까지 아니, 죽음을 맞이하기까지는 헤아릴 수 없을 만큼, 빈번한 만남이 이어집니다. 친구와의 만남이 있고, 가슴에 영원히 묻고 산다는 첫사랑과의 만남이 있고, 사랑하는 배우자를 만나고 자식을 낳아 첫 만남의 기억은 누구에게나 행복입니다. 이러한 자식과 부모와의 인연을 천륜이라 합니다. 만남은, 인연이란 나무줄기에 주렁주렁 맺힙니다. 오래도록 좋은 인연으로 함께하고 싶지만, 뜻하지 않게 떨어져 나가는 인연도 다수입니다. 우리는 흔히 살면서 초심을 잃지 말라고 당부하고, 스스로 다짐도 합니다. 항상 "처음처럼" 우리 주위의 소중한 사람과의 인연에 감사하며 살아야 합니다. 첫 만남의 소중한 인연을 대하듯, 첫 만남의 떨림을 잊지 말고, 주위의 사랑하는 사람을 보듬는 마음가짐으로 더불어 살아가는 세상이었으면 좋겠습니다.

제3장
조화로운 적정거리

인간은 태어나면서 가족의 일원이 되고 성장해가면서 또래들과 어울리게 되며, 더 나아가 사회적 구성원으로 일생을 살아갑니다. 싫든 좋든, 사회적 무리 속에서 많은 인간관계를 맺으며, 살아갈 수밖에 없습니다. 때로는 자신의 의지와 무관하게 사회구성원의 일원으로 살아가게 됩니다. 고대 그리스 철학자 아리스토텔레스는 "인간은 사회적 동물이다"라고 정의한 바 있습니다. 이렇듯 인간은 혼자서 살아갈 수 없는 사회적 동물입니다. 사람이 태어나서 우연히든 필연이든, 부모와 자식으로 부부로, 형제 그리고 친구 및 동료로, 인연이라는 이름으로 인간관계를 형성하게 됩니다. 그 속에서 만남도 이별도 공존하며 울기도 웃기도 합니다. 같은 부모의 뱃속에서 나온 형제일지라도, 의견 투합이 안 되는 경우가 허다한 것이 사람입니다. 하물며, 사회에서 어떠한 목적으로 만난, 사람과의 의견 일치를 일사천리로, 한 번에 기대하는 것은 무리일 수밖에 없습니다. 서로 양보할 건 양보하면서, 얻을 건

얻어가며, 공생하는 지혜를 취득해 가면서 우리는 살아갑니다.

현시대를 살아가는 사람들의 인간관계는 복잡 다양합니다. 때로는 인간관계가 실타래처럼 엉켜버려 영영 풀지 못하는 우를 범하기도 합니다. 처음에는 사소한 일이 눈덩이처럼 굴리고 불려서, 건잡을 수 없는 사태에 이르는 경우를 종종 봅니다. 옆에서 삼자의 눈으로 바라보면 별일이 아닐 수도 있습니다. 그렇지만 사람마다 견해차 그리고 개개인의 성격이 다르므로 모두가 같을 수는 없습니다. 사람이 살아가면서 가장 중요한, 한 가지의 지혜가 있다면, 그것은 인간관계의 적정한 거리 유지라고 생각합니다. 너무 가깝지도 그렇다고 너무 멀지도 않은 적정한 거리를 유지하는 것입니다. 말과 같이 쉽지 않은 것도 사실입니다. 하지만 실천하려는 의지가 더욱 중요하다고 생각 듭니다.

사람과의 관계에서 백번을 잘해주다가 한 번 소홀히 대하면 섭섭해 하는 것이 인간 본성이기 때문입니다. 너무 가까운 거리를 유지하다 마지못할 사정으로, 간혹 오차범위를 벗어나게 되면, 변했다고 하면서 비난하기 급급합니다. 상대에 대한 배려가 우선인데 말입니다. 사람은 누구나 자기 테두리 안에서 기준점을 잡아 생각하고, 행동하기를 주저하지 않습니다. 일반적으로 어떤 인간관계를 가정해볼 때, 갑과 을이라는 사람이 있다고 합시다. 갑이라는 사람은 자기 마음을 모두 열어, 을에게 100을 주었는데, 을이라는 사람은 80에도 못 미치는, 60밖에 마음을 안 열어 준다고 갑이 느낀다면, 갑은 차차 섭섭함을 넘어 분노로 치달아, 둘의 관계는 영원히 요원해질 수도 있습니다. 사람은 누구나 서로 견해차라는 게 있는데, 일방적으로 자기가 준 것만 생각하지, 상대의 입장에 서서 고려하지를 않습니다. 어떻게 보면, 을의 관점에서 최선을 다했다고 생각할 수도 있을 텐데 말입니다. 방우달 시인의 글, 관계의 적정거리에서 “간격은 통로다. 둘 사이에 간격이 있다고 서운하게 생각하지 말라”는 글귀가 마음에 와 닿았습니다. 그렇습니다. 사람과 사람 사이에 간격이 있어야 바람도 햇살도 물도 정(情)도 이야기가 되어 흐르고 사람과 사람 사이에 흐르는 것이 없다면 무의미한 관계라 했습니다. 적정한 간격이 있어야 사람과 사람 사이에 소통의 가교 구실을 합니다. 적정한 거리를 너무 벗어나면, 무관심이요. 너무 가까이 하다 보면, 지나치게 격이 없어져, 욕심과 집착, 그리고 시기와 질투가 따르게 됩니다.

태양계에 속하는 행성들은 적정 거리를 유지하며 공전합니다. 그중 지구라는 행성 안에, 우리가 누리는 자연도 인간과의 적정한 거리 유지가 있어야 아름답습니다. 신은 지구 상에 존재하는 모든 사물을 적정거리를 설정해 놓았습니다. 우리네 삶도 그러합니다. 인간관계에 있어서 뜻이 통하면, 흔히 “사이 좋게” 지내자는 말을 합니다. 여기서 “사이”는 한곳에서 다른 곳까지, 또는 한 물체에서 다른 물체까지의 거리나

공간이라고 국어사전에 명시하고 있습니다. 다시 말하면 "사이"는 두 사람 간의 거리를 말하는 것입니다. "좋게"는 말씨나 태도 따위가 상대의 기분을 언짢게 하지 아니할 만큼 부드럽고 원만하거나 선하다는 말입니다. 그렇습니다. 두 낱말의 합성어인 "사이 좋게"는 사이를 좋게 하다. 즉 인간관계를 유지하려면 서로 간 조화로운 적정한 거리가 필요하다는 말입니다. 우리의 삶에서 가까운 사람일수록 예의를 지켜야 한다 했습니다. 우리는 흔히, 주위에 너무 가깝고 친하다고 해서, 고마운 사람에게 함부로 대하는 어리석음을 범하고 있지는 않은지, 곰곰이 생각해 보시길 바랍니다. 우리네 삶에서 인간관계는 너무 멀지도 가깝지도 않은 적정한 거리를 가질 때, 원만한 인간관계가 조화롭게 펼쳐지리라 여겨집니다.

제4장
스트레스

현대를 살아가면서 스트레스를 받지 않고 살아가는 사람이 몇이나 될까요? 다소의 차이는 있을 수 있으나, 대체로 없으리라 여겨집니다. 아침에 일어나, 출근길에서부터 퇴근길까지, 크고 작은 스트레스와 맞닿아 떨일 겁니다. 스스로 정했던 타인에 의해 정해졌든 간에, 하루의 약속된 시간에 쫓겨, 조급함과 초조함 등으로 매일매일 양산되는 스트레스를 안고 우리는 살아갑니다. 또, 사회의 구성원으로 직장에서 많은 일을 거미줄을 치면서, 얽히고설키며 스트레스를 주고받으며 살아갑니다. 사회 곳곳에서 부딪히는 일상들이 스트레스라해도 과언이 아닐 듯합니다. 심지어 집에서도 이웃 간, 주차 문제로 그리고 아래 위층 간, 층간 소음문제로도 심각한 스트레스를 받는 현실이 현대인의 일상입니다.

사람의 마음은 하루 열두 번은 이라는 말이 있습니다. 그만큼 사람의 마음이 쉽게 변한다는 말일 겁니다. 역으로 변화무

상한 자신의 마음조차, 제어가 안 된다는 말이기도 하겠지요. 우리 속담에도 "열 길 물속 깊이는 알아도, 한길도 안 되는, 사람의 마음 깊이를 알지 못한다." 했습니다. 사람의 마음이란 미묘하기 짝이 없습니다. 그러기에 모든 스트레스는 사람의 마음에서 비롯됩니다. 사람의 마음가짐이 상당히 중요하다고 생각이 듭니다. 일상의 스트레스를 받아들이는 것이 있다면 내보내는 것 또한 그만큼이어야 할 터인데 말입니다. 1936년 과학저널 '네이처'에 한 페이지짜리 짤막한 논문에 캐나다 출신의 한스 셀리 박사는 "스트레스"라는 용어를 처음 사용했다고 합니다.

지구에 인류가 존재할 때부터, 스트레스는 문명의 발전과 비례하여 그 몸집을 다양하게 키워왔을 겁니다. 원시생활을 하던 태곳적에는 채집과 사냥을 하면서 먹을 것만 풍족하면, 그다지 큰 근심, 걱정거리가 있었을까 하는 단순한 생각을 해보기도 합니다만, 스트레스의 차이는 있을 수 있으나, 정도의 차이이지, 인간이 존재하는 사회에서는, 예나 지금이나 스트레스의 근본은 별다를 바가 있을까 하는 생각을 해봅니다. 현재를 살아가는 사람이라면, 스트레스가 쌓이면, 사람의 몸에 막대한 악영향을 끼친다는 것은, 익히 알고들 계시리라 여깁니다. 스트레스는 신체의 면역기능을 높여주는 호르몬의 기능을 무너뜨려, 우리 신체를 무너뜨리는 요인이라고 합니다. 이러한, 스트레스를 우리는 매일매일 달고 살아갑니다. 우리네 마음을 우리네 스스로가, 스트레스를 제공하여 얻는 결과물이 아닐까요? 스트레스는 상대방으로 인해 받는 경우가 허다합니다. 하지만, 혼자 살아가는 사회가 아닌 이상, 사람이 살면서 받아 들어야 하는 인간의 숙명일지도 모릅니다. 스트레스를 받는 즉시, 빨리 벗어 버려야 하는데, 스트레스는 무엇이 그리 질긴지, 쉽사리 떨쳐내지 못합니다. 스트레스를 가두어 자신의 신체를 학대하도록 내버려 두어, 되돌릴 수 없는 지경에 까지 이르는, 어리석음을 자초하기도 합니다.

복잡 다양한 현대인들은 삶 속에는 스트레스로 인하여 생기는 마음의 병이 커다란, 사회적 문제로 대두되고 있습니다. 스트레스로 인한 마음의 병은 우울증 등 다양화로 극에 달해, 자살로 이어지는 어처구니없는 일이 빈번히 우리 사회 전반 곳곳에서 일어나 모두를 슬프게 합니다. 또 스트레스로 인한 마음의 병은 자신을 해하는 것은 물론이거니와 우리가 사는 사회마저 병들게 합니다. 사회 곳곳에 암적인 존재가 점차 늘어나고 있는 심각한 실정입니다. 그 단적인 예가 묻지 마 범죄입니다. 시시때때로 매스컴을 떠들썩하게 달구는 묻지 마 범죄 보도를 접하며, 가슴을 졸여가며 살아가는 오늘입니다. 자신과 앞면도 전혀 없고 이해득실도 관계도 없는 사람을, 마구잡이로 해하는 무서운 세상에 우리는 노출되어 있습니다. 최근 보도된 통계에 따르면, 묻지 마 범죄자 중, 41%가 조현병 증세, 망상장애 등, 정신질환자였다고 합니다.

인류 문명이 만들어낸 복잡 다양한 사회 구조 속에서 우리는 앞을 다투어 가며 살아갑니다. 많은 무리의 사람 중에는 자기가 처한 현실을 비관하여 자기가 할 수 있는 것은 아무것도 없다는 상실감을 병으로 키우는 사람이 있습니다. 결국에는 절망감이 사회적 분노로 표출되어, 심리적으로 불안정 상태에서 순간적으로 저지른 범죄가 있습니다. 이것이 소위 요즘 말하는 묻지 마 범죄입니다. 묻지 마 범죄가 급증해 시민들이 불안해하고 있는 실정입니다. 사노라면 치밀어 끓어오르는 분노에 가득 찰 때도 잦습니다. 그리고 커다란 슬픔에 직면하여 세상을 원망할 때도 있습니다. 대체의 사람은 다행히, 인간만이 간직한 고유의 분노 조절, 슬픔을 조절하는 조절기가 있어, 그나마 곪아 삭아서 터지기 전에 적절히 배출해 버립니다. 이런 조절기가 간혹 고장이나, 묻지 마 범죄가 사회에 미치는 악영향이 엄청납니다. 사람에게 주어진 감정 조절기가 없다면, 사람은 실로 살아가기가 힘이 들 것입니다. 이 중요한 감정 조절기가 고장 나지 않도록, 수시로 안전점검을 하며 살아가는 지혜가 필요합니다.

사람은 살아가면서 스트레스보다는 더 많은 행복을 챙기며 살아가기에, 스트레스는 자연히 묻혀 버리는 경우가 많습니다. 사람이 살아가면서 스트레스가 무조건 나쁜 것만은 아니란 생각도 해봅니다. 적절한 긴장감과 초조함을 갖는 스트레스는 상대방을 배려하고 자기 자신을 다스립니다. 사람 스스로가 자신의 마음에 채워가는 마음이 약이 되기도 독이 되기도 합니다. 남을 배려하지 않는 지나친 과욕이 스트레스가 되어 불같이 활활 타올라, 자신의 몸을 태우는 것은 물론이거니와, 주위의 사람에게도 불똥이 튀어 피해를 줍니다. 지나친 욕심이 화를 부르고 지나친 탐욕이 자신을 해친다 했습니다. 때로는 마음을 깨끗이 비워내며 살아가는 연습이 우리에게는 필요합니다.

제5장
청소년기(青少年期)

회사의 동료 직원이 출근길에 고등학생 3명이 교복을 입고 많은 사람이 왕래하는 길에서, 담배를 아무 거리낌 없이 피우는 모습을 보고 그냥 지나칠까도 하다. 그래도 이건 아니다 싶어, 호통을 치면서 담배를 끄라고 나무랐단다. 그러자 이 녀석들이 순수히 받아들이기는커녕, 콧방귀를 뀌면서 아저씨가 뭔데 간섭하냐는 둥, 시비 투로 말하길래 한 대 쥐어박은 것이 사건의 발단이 되어, 학생 세 명과 옥신각신하다 서로 치고받고 하는 사태에 이르렀단다. 학생들의 신고로 경찰서로 동행하게 되고, 경찰관에게 사건 경위를 여차여차 설명하였으나, 학생들에 의해 폭력으로 신고접수 되었다 한다. 학생 부모들이 와서는 자식인 학생을 나무라기보다는, 오히려 직원을 향해 아저씨가 뭔데, 자기도 안 때리는, 귀한 자기 자식을 때렸다고 난리 치더란다. 간신히 사과하고 합의하여 치료비를 물어주었다는 이야기를 들으면서, 우리 사회의 단면을 보는 것 같아 뭔가 마음이 개운치 않았다. 그 후로도 법원에서 고지서가 날아와 벌금까지 냈다 한다.

꿈 많고 혈기 왕성한 청소년기, 봄꽃처럼 향기롭고 새순처럼 보드라운 감성을 지닌, 초등학교에서 고등학교까지의 시기 13세에서 18세까지를 대체로 청소년기로 칭한다. 사회의 적응기를 거치는 청소년기에는, 감정 기복이 극도로 심한 시기이다. 급속히 변하는 신체적 발달과 새로운 사고방식과 인지적 발달, 또래와의 관계를 형성하는 사회적 발달 정서가 매우 강하고, 변화 기복이 심한 정서적 발달과 자아 정체감을 확립하는 예민한 시기이며, 인격체를 확립해가는 중요한 시기가 청소년기다.

예나 지금이나 남녀를 불문하고, 청소년기를 거치며 사회 일원으로 살아간다. 시대가 변하면서 청소년 문화도 급속도로 변해 급격한 세대 차이에 격세지감을 느낀다. 요즘 청소년은 몸집은 커졌지만, 홀로 서려는 의지와 생각의 깊이, 웃어른을 공경하는 마음가짐은 우리 때와는 사뭇 다르다. 시대 흐름이라 치부해 버리기엔, 커다란 아쉬움이 남는다. 시대적으로 사회적으로 개념도 많이 달라진 점은 인정한다. 문명의 혜택을 받으며 자라나 풍요로움이 주는 의식주 문제도 크게 달라졌다. 전통사회의 해체와 핵가족화로 어릴 때부터 함께 몸으로 부대끼는 정(情)을 느끼지 못하며 자라나고, 가부장적 권위 약화로 사회의 가치 규범이 사라지고, 개인주의 물질주의 저속한 서양 대중문화가, 대중매체를 타고 여과 없이 전달되기 때문에 많은 영향을 주는 게 현실이다.

요즘 들어 청소년들은 학교 폭력과 자살, 왕따, 인터넷 게임 중독, 스마트폰 중독, 게임 중독, 성범죄, 금품 갈취 등, 청소년 탈선행위와 비행의 유형이 예전과 비교하면 다양해졌다. 예전에도 청소년 비행의 문제는 늘 있었으나, 자금과 같이 개인주의 물질주의가 몸에 배지는 않았다. 학생이 선생님께 대들고, 학생이 선생님께 맞았다고 부모에게 이르면, 학교까지 극성맞은 학부모가 달려와, 많은 학생이 보는 앞에서 선생님 따귀를 때리는 차마 웃지 못할 희극이 빚어진다니, 이 어찌 선생님 권유가 서겠는가? 우리 세대 때에는 학교에서 선생님께 회초리를 맞으면 집에 와 숨기기에 바빴다. 혹여 맞은 자국을 부모님께 들키면, 무슨 잘못을 했길래 매를 맞았냐고 도리어 부모님께 혼났었다. 우리 세대 때는 여러 형제와 어울려 어릴 때부터 체계가 명확했다. 할아버지, 할머니의 자상함과 아버지 어머니의 엄함을 알고 자랐으며, 어른에 대한 공경을 몸소 느끼며 자랐었다. 온실의 화초처럼 어려움을 모르고 자라난, 요즘 세대와 전통 사회의 마지막 세대라 할 수 있는, 우리 세대와 비교하는 자체가 무리겠다. 이기주의 물질만능주의 시대에 청소년들의 비행을 보고도, 우리 기성세대가 강 건너 불구경하듯 하지는 않은지 깊은 성찰이 필요하다. 요즘같이 빠르게 빠르게 달려가는 초고속 디지털시대는 사람 간에도 너무 각박하고 삭막하다. 조금 느리더라도 함께 걸으면서 주위를 살펴 둘러보고, 인생사 여러 소리를 귀담아 주던 인정겨운 아날로그 시대가 그립다.

제6장
갑론을박(甲論乙駁)

요즘 국민은 먹고살기 힘들다고 아우성을 지르는데, 높은 곳에 계시는 분들은 보이지 들리지 않는가 봅니다. 국론은 사분오열되어 설 자리를 찾지 못해 헤맵니다. 선거철이 되면 국민의 머슴이 되겠다고, 민심을 대변하겠다고 자처하던 분들은 무엇 하는지, 그 약속은 어디로 갔는지, 도무지 찾을 수가 없습니다. 하루속히 민심을 하나로 묶어, 세계로 눈을 돌려야 할 때 인대 말입니다. 신은 인간에게 괴롭고 슬픈 따위의 일을 당했을 때, 일정한 시간이 지나면 다행히 잊을 수 있는, 망각의 늪을 허용해 안 좋은 일은, 기억 저편 너머로 잠시 보내게 합니다. 좋은 기억이든, 나쁜 기억이든, 모두를 안고 살아가라 한다면, 그 또한, 가혹한 형벌일 것입니다. 사람은 행복할 때 어려울 때를 생각하지 못하고, 불행을 겪어도, 현실을 인정하려 들지 않는, 습성을 지니고 있습니다. 자기는 그렇지 않은데 꼭 남에 의해 이렇게 되었다는 둥, 토를 달며 남탓을 하며 언성을 높여가며, 변명을 늘어놓습니다. 사람은 새길 건 새기고 인정할 건 인정하며, 살아가는 것이, 여러모로 현명한 인생길을 걷는 지름길인데 말입니다.

요즘 우리 사회는 님비현상으로 사회적 갈등이 최고조에 달했습니다. 사안의 필요성은 누구나 인정하면서도 지역이기주의를 앞세워 자기 지역만은, 절대 혐오시설이 들어설 수 없다고 강경합니다. 유해물질로 인한 환경오염과 인체의 부정적인 영향, 재산 가치의 하락, 지역 발전의 후퇴 등의 이유로, 송전탑, 쓰레기 소각장, 장례 승화원, 등과 같은, 혐오 시설에 대해 반대가 극심합니다. 근간에는 국가안보와 직결된, 사드 배치 문제로도 사회적으로 갈등이 사분오열이 되어 혼란스럽습니다. 조정 역할을 해야 할 정치권마저, 한술 더 떠서 은근히 부추기는 추세입니다. 옳고 그름 따위는 중요하지 않습니다. 오로지 정치적 수단에 함몰되어, 국민을 위한척하지만, 실은 국민을 볼모로 정치적 이합 집단인, 자기네 입맛에 따라 달면 삼키고 쓰면 뱉고 하는 실정입니다. 길은 분명하나인데도, 한쪽은 서쪽으로 가자고 하고, 한쪽은 동쪽으로 가자고 하며, 갑론을박하며 대혈투를 벌입니다.

정치권은 번지르르하게 자기 말만 할 것이 아니라, 국민통합 시키려 앞장서서 님비 현상을 극복하기 위한 차원에서 시설물에 대한 안전성과 친환경 등의 대책을 마련하여, 적극적으로 알리고, 부정적인 편견을 개선할 수 있도록, 국민과 주민을 설득해야 합니다. 대화와 타협, 그리고 양보는, 우리 사회를 발전시키는 원동력입니다. 불편함을 편리함으로, 느린 것을 빠르게, 국민의 삶의 질을 높이는 것이 정치권이 할 일입니다. 현시대는 오늘보다는 내일을 내다볼 수 있는 안목 있는 정치인을, 국민을 위해 헌신할 수 있는, 자기 희생정신을 가진 사람을 원합니다. 겨울이 지나면 봄이 옵니다. 겨울 언 땅이 녹으면 좋은 꽃씨를 골라 심어, 향기로운 봄꽃이 피어나는 우리나라 되기를, 모든 국민이 농군의 심정으로 정신을 바짝 차리고 좋은 품종의 꽃씨를 눈여겨 둘러볼 때입니다.

제7장
신호등

운전하거나 도로를 걸을 때 누구나 지켜야 하는 것이 교통법규입니다. 교통법규를 위반하는 사람에게는 범칙금이 부과됩니다. 그리고 상황에 따라서 구속도 됩니다. 교통법규는 누구 한 사람만을 위하는 게 아니라, 사회 다수의 생활을 편리하게 합니다. 우리네 인생도 신호등 같다는 생각을 문득문득 합니다. 운전하면서 또는 도로를 걸을 때, 신호등에 파랑 불이 켜져 있으면 출발하는 것이고, 빨강 불이 켜져 있다면 멈추어야 합니다. 인생도 마찬가지라고 생각해 봅니다. 자신의 인생길에 늘 파랑 불만 켜져 있기를 바란다면, 그것은 요행을 바라는 것에 지나지 않습니다. 인생길은 항상 파랑 신호등만 켜져 있는 순탄한 길이 아닙니다. 파랑 신호등이 나가거나 들어오기 전, 노랑 신호등이 반드시 경고합니다. 운전이나 길을 건널 시, 노랑 신호는 출발과 정지를 준비하는 시간임에도, 많은 이들이 이를 무시하다 가장 많은 사고가 일어납니다. 파랑 신호등 다음에는 주의를 주는 노랑 신호등이 켜져 경고를 준 다음, 비로소 빨강 신호등이 켜진다는 이치입니다. 우리네 인생길의 신호등도 순차적으로 바뀌며 세상은 돌아갑니다. 빨강 신호가 시련과 실패의 색이라 가정했을 때, 자신을 뒤돌아보고 때를 기다리면 반드시 파랑 신호로 바뀐다는 사실을 기억하며 살았으면 합니다. 그리고 길은 직선 길만 있는 게 아니라 좌회전 우회전 길도 있다는 사실입니다.

신호등은 색의 3원색인 빨강, 파랑, 노랑으로 이루어져 있습니다. 아마 세계 모든 나라가 이 세 가지 색을 신호등 색으로 사용하고 있는 것으로 알고 있습니다. 이 세 가지 색이 사람이 가장 구별하기 쉬운 색의 조합이라고 합니다. 신호등에서 빨강 색은 정지를 의미합니다. 모든 동물의 피의 색깔도 빨간색입니다. 사람은 피를 보면 경각심을 가집니다. 빨강 색은 멀리서도 눈에 잘 보입니다. 궂은 날씨에도 다른 색에 비해 잘 보이는 색이기도 합니다. 그리고 신호등에서 파랑은 안전한 진행을 상징하는 색깔입니다. 많은 색 중에 눈의 피로를 가장 풀어준다는 파랑은 우리가 흔히 대하는 산, 들 나무 등, 자연의 색입니다. 사람에게 편안함을 안겨주는 색이기도 합니다. 그리고 신호등에서 노랑은 주의입니다. 노란색은 빨간색 다음으로 잘 보이는 색이라 합니다. 아마 어린아이 용품 등이 노란색으로 많이 사용하는 것도 보호하라는 이유일 겁니다. 이렇듯 신호등 색깔이 이 세 가지로 이루어져 있습니다. 신호등은 사회적 약속입니다.

운전하거나 길을 건널 때 신호를 잘 지키면, 사고 없이 안전한 운전과 길을 건널 수 있습니다. 교통법규는 한 사람이 잘 지킨다고 안전한 건 아닙니다. 사회 구성원 모두가 약속된 교통법규를 잘 지킬 때, 나의 목숨과 이웃의 목숨을 그리고 재산을 보호할 수 있습니다. 자동차의 눈이라 할 수 있는 백미러 하단에는 이런 글이 적혀있습니다. "사물이 실제 보이는 것보다 가까이 있음"이라고 적혀 있습니다. 그렇습니다. 매사에 주의하라는 말이겠지요. 우리네 인생의 행복도 불행도 우리가 생각하는 것보다 훨씬 가까이 있습니다. 매사를 안일하게 적당주의로 처신하기보다는, 이웃에게 사회 구성원에게, 좀 더, 세심한 배려와 양보의 미덕을 베풀고 산다면 이보다 아름다운 삶이 어디 있을까 생각해 봅니다.

제8장
무관심병

아침 출근 통근 버스에 올라, 앞 자석에 자리를 잡고 잠시 눈을 붙이려는데, 버스 텔레비전에서 나오는 뉴스가 나의 눈길을 사로잡는다. 중국에 관한 이야깃거리인데, 중국에서는 주위의 어려움에 부닥친 사람을 못 본 체한다는, 이른바 무관심 병이 사회 문제라는 뉴스다. 텔레비전에 생생히 나오는 장면이 실로 충격적이었다. 오토바이를 멈추고 전화를 받는 여성에게 취객이 달려들어, 성추행하는 동안, 9명이 지나치지만, 도와주는 사람이 없었다. 여성이 저항하다, 힘에 부딪혀 다급히 구조 요청을 하는데도, 그냥 지나쳐 버린다. 또, 두 운전자가 시비 끝에 도로 한복판에서 난투극을 벌이는데도, 경적을 울릴 뿐, 누구 하나 나서서 말리는 사람 없고 구경만 할 뿐이었다. 그리고 중국의 어느 시골 마을에서 한 어린이가 통학 버스에 치여, 생명이 붙어 있는 20분 동안 수많은 행인이 지나갔지만, 누구 하나 구원의 손길을 내미는 사람이 없었다. 결국, 아이는 숨을 거두는 안타까운 영상이 적나라하게 뉴스로 방영되었다. 더 충격적인 것은 한 여성이 다리에서 투신하는 영상이었는데, 모여든 많은 사람이 구경만 하고, 어떤 사람은 투신 순간에 환호성을 질렀단다. "멋지다. 나이스샷." 기가 막힐 노릇이다. 이뿐 아니라 중국인의 무관심병 기사는 여러 매체를 통해 보도된 바 있지만, 자기 일이 아니면 나서지 않는, 중국인들이 걸린 무관심 병이다. 이 정도면 살인방조죄에 해당하는 건 아닐까? 무관심 병은 무서운 병이다. 옆에 있으면 살기가 가득해 전신에 소름이 돋을 것 같다. 인간의 탈을 쓴 사람으로 당연히 해야 할 도리를 망각하고, 양심의 가책조차 없는 것이 더욱 무섭다.

인간이 사는 사회의 도덕성이 이 지경에 이르렀다면, 사람이 사는 인간 사회가 동물과 무엇이 다르겠는가? 미물인 동물보다도 못하다면, 인간이기를 포기한 것 아닌가? 전에도 브라질의 한 청년이 중국에서 집단 린치당했다는 것을 어느 매체를 통해 접한 것이 기억난다. 중국인 여자가 소매치기당하는 것을 목격하고 도와주려다, 소매치기 패거리에게 몰매를 맞는데, 도와 달라는 브라질 청년의 간곡한 요청에도, 그 많은 중국인이 외면했다고 한다. 그곳에서 3년을 살아 분명히 자신을 알고 있는 사람도 있었지만, 나서서 도와주는 사람이, 한 사람도 없었다 한다. 이러한 중국인들이 너무 실망스럽다고 브라질 청년이 토로했다. 지극히 당연한 일을 한, 브라질 청년의 모습이, 중국인들의 눈에는 어떤 모습으로 비춰졌을까? 궁금증을 자아낸다. 자신이 일이 아니면 남이야 죽든 말든, 강 건너 불구경하듯 하는 중국인들의 수수방관(袖手

傍觀)적 자세는, 머지않은 시기에 자신에게 미칠 불행임을 그들은 왜 모르는 것일까?

중국 사람은 자신의 불이익에는 못 참지만, 불의에는 참는다고, 누군가가 비아냥거리며 쓴 글을 본 적이 있다. 중국의 개인주의가 극에 달한 것을 꼬집는 글이리라. 개인주의에 편승해 도덕적 마지노선의 붕괴를 우려하는 목소리가 점차 중국을 넘어 전 세계적으로도 관심도가 높다. 무관심 병의 심각성을 인지한 중국 정부가 뒤늦게 나서서, 위험에 처한 사람을 돕지 않으면 처벌하는 규정을, 언론을 통해 캠페인성 보도를 쏟지만, 그 효과는 미미하다니 딱할 노릇이다. 중국 전국시대의 사상가 맹자(孟子)는 일찍이, 사람이 마땅히 갖추어야 할 네 가지 성품으로 인의예지(仁義禮智)를 설파하며, 사람의 품성을 으뜸으로 꼽았다. 측은지심(惻隱之心)이라 하여, 사람이라면 남의 어려움을 불쌍히 여기는 본성이 태어날 때부터 있다는 것이다. 맹자(孟子)의 후손인 중국인들이 다시금 되새겨 볼 말이다. 중국인들을 손가락질하며 탓하기 이전에, 우리 대한민국의 국민성 또한 변해가고 있는 것은 아닌지, 머리를 맞대야 할 것이다. 중국의 무관심 병을 우리 대한민국인이 답습하고 있는 건 아닌지 우려가 된다. 만에 하나 우리나라에도 전염이 된다면 큰일이다. 경각심을 깨달아 우리 스스로가 사전 방역을 철저히 해야 한다. 중국인의 무관심병, 이와 유사한 뉴스가 우리 국내에서도 발생한다는 뉴스가 매스컴을 통해 간간이 들려온다. 심히 염려되는 바이다.

제9장
한마디 말의 중요성

우리는 세상을 살아가면서 뜻하지 않게 내뱉는 말 한마디에 상대에게는 지울 수 없는 상처를 주기도, 가슴을 따습게 덥히는 말 한마디에서 무엇과도 바꿀 수 없는 소중한 용기를 얻기도 합니다. 무심히 오가는 말속에 함박웃음이 피어나고, 때로는 깊은 상처를 주기도 합니다. 말이란 양면의 칼날 같아서, 때로는 상대를 베고 자신이 베이기도 하는, 무서운 병기입니다. 가는 말이 고와야 오는 말이 곱다는 속담이 있습니다.

우리 주위에 말 때문 싸움이 일어나는 것을 종종 봅니다. 처음에는 조그마한 일로 시작하여 나중에는 걷잡을 수 없으리만큼, 큰 싸움으로 번져나는 것을 목격하곤 합니다. 사람의 위치에 따라서, 말 한마디로 크게는 나라의 국운의 흥망성쇠가 달리기도, 작게는 자신의 운명을 좌우합니다. 말이란 한번 내뱉으면 주워 담지를 못해서, 그만큼 말의 중요성을 누누이 강조해도 지나치지 않습니다.

사람의 마음을 움직이게 상대방의 마음을 읽고 상대방의 입장에서 마음을 전하라는 말을 들은 적이 있을 겁니다. 사람의 마음을 움직이는 일화를 소개할까 합니다. 이 내용은 인터넷상에서 좋은 글로 인용되기도 합니다. 어느 순간부터 어려운 사람을 돕는 것조차 의심하는 풍조가 되어버린 씁쓸한 현실, 꽃샘추위가 기승을 부리던 어느 날, 프랑스 시인 카이오라는 길을 가다가, 맹인 한 명이 목에 푯말을 걸고, 구걸하는 것을 보았답니다. 맹인의 목에 걸린 푯말에는

"나는 태어나면서부터 장님입니다. 배가 고픕니다"라는 글이 적혀 있었습니다. 그러나 행인들은 무심히 지나칠 뿐이었습니다. 그의 깡통은 비어 있었습니다. 그 길을 지나던 카이오라스 시인은 장님에게 물었습니다.

"그렇게 앉아 있으면 하루에 얼마나 법니까?" 그러자 장님은 망설이다 대답했습니다.

"8프랑에서 10프랑 정도 됩니다." 그러자 카이오라 시인은 "내가 도와드리겠습니다"라고 말하고는 푯말 뒷면에 글을 써 주었습니다.

그러자 놀라운 광경이 전개되었습니다. 지나는 다수의 행인이 동전을 던져 주는 것이었습니다. 그의 구걸 깡통에는 돈이 차올랐고, 따뜻한 격려의 말까지 덤으로 건네받습니다.

맹인은 푯말에 적힌 글이 궁금하여 행인에게 물었습니다.

"여보시오 푯말에 도대체 뭐라고 적혔기에 이렇게 많은 사람이 도와주는 거요?"

푯말에 적힌 글은 "봄이 오고 있습니다. 그러나 나는 봄을

볼 수 없습니다"라는 문구였습니다.

이처럼 같은 글, 같은 말을 하더라도, 부정적인 말이 아닌 긍정적인 말이 상대의 마음을 움직입니다. 이처럼 상대방에게 공감 가는 말 한마디가 사람의 마음을 움직인다는 의미심장한 일화는 우리에게 좋은 교훈을 줍니다. 같은 말일지라도, 나로부터 건네는 말이 이왕이면, 상대에게 비판적이고 냉소적인 말보다는, 따뜻한 사랑을 담아, 소중히 대하듯 격려와 칭찬의 말을 다정스럽게 건넴으로써, 상대에게 신뢰의 공감을 쌓도록, 주고받는 한마디의 말이 봄 햇살처럼 따사롭고, 여름철 소나기처럼 시원하고, 가을날 영그는 과실처럼 탐스럽고, 겨울날 시린 가슴에 온기를 지펴 줄 수 있기를 모두가 노력하기를 소원합니다.

제10장
삶의 이면(裏面)에 가려진 행복조건

십 년이면 강산이 변한다는 말이 있다. 하지만 현대 사회는 십 년이면, 강산이 열 번은 바뀔 듯이 변화무쌍하다. 봄, 여름, 가을, 겨울 사계절이 지나면 우리는 나이를 한 살 더 먹는다고 한다. 그리고 사계절을 인간의 삶에 비유하기도 한다. 싫든 좋든 누구나 나이를 먹고, 때가 되면 죽는 것이 진리다. 생(生)과 사(死), 그 사이 공간에서의 우리 개개인의 삶들은 참으로 다양하다.

태어나서 공부해서 좋은 대학을 나와, 좋은 직장을 얻어 결혼하여 자식을 낳고, 부와 영화를 누리며 사는 것이, 보통 사람들의 바람이고, 행복의 조건일 것이다. 또 열거한 바와 같아야 효도를 하는 것이라고 일반적으로 생각한다. 참으로 단순한 말 같고 누구나의 바람이지만, 삶은 순번 같은 게 있어서 누구에게나 공평하게 동등한 삶이 주어지는 것이 아니다. 모두가 똑같은 삶을 산다고 가정해 보면 노력하는 이가, 누가 있을 것이며 누가 피땀 흘려 일하겠는가? 그러기에 삶은 적당한 경쟁을 유도한다.

인간의 삶 속에서 누구나 꿈꾸는 것이 행복이다. 그럼 행복의 조건은 도대체 무엇일까? 남보다 더 가진다고 행복할까? 하나를 가지면 하나를 더 갖고 싶은 욕망이, 우리 모두의 내면에 존재한다. 우리 속담에 아흔아홉 석을 가진 부자가 가난한 한 석을 가진 사람의 재산을 뺏으려 한다는 말이 있다. 아흔아홉 석을 가진 부자는 한 석이 없어도 살 수 있지만 가난한 한 석을 가진 자는 그마저 빼앗기면 굶는다. 예나 지금이나 재산을 불리기에 혈안이 돼, 불법과 편법이 난무하는 것이 애달픈 인간 사회다. 인간의 욕심은 끝이 없어 자기가 다 먹지 못해 버릴망정, 남보다 더 취하려 갖은 수단 방법을 가리지 않는다. 모든 동물의 무의식적 생존적 의미라 부여되지만, 그래도 명색이 인간은 사리사욕을 분별하는 능력이라는 게 있는데도 수치감 따윈 아랑곳없는 것이 현실이다.

감사는 행복의 재료이며 인생을 이끄는 재료라는 글을 본 적이 있다. 그리고 이 세상에서 가장 행복한 사람은, 자기가 머무는 현시점을 감사하는 사람이라고 했다. 철학자 아리스토텔레스는 "행복은 감사하는 사람의 것이다." 라고 말하고 빌헤름 웰러는 "가장 행복한 사람들은 가장 많이 소유한 사람들이 아니라, 가장 많이 감사하는 사람들입니다"라고 말했으며. 인도의 시성 타고르는 "감사의 분량이 곧 행복의 분량이다"라고 했듯이 감사한 만큼 사람은 행복하게 살 수 있다는 좋은 격언이다. 자기가 안주하는 지금 이 대로의 모습을 감사하며 행복이라 여기는 사람이 과연 몇이나 될까? 감사하는 마음은 일생을 행복하게 만든다. 했으니 너나없이 살아가면서 깊이 되새길만하다.

각박한 현대를 살아가는 사람이라면 매일매일 반복되는 일상일지라도 그 속에 펼쳐지는 다양한 정보를 공유하고 다양한 이견을 조율을 거치며 사회의 일원으로 우리는 살아간다. 감사하는 마음이 행복의 만드는 시발점이라면 사회 구성원으로 노력하고 참여하는 것 또한 행복의 초석이다. 현대 사회의 일원으로 낙오하지 않기 위해 피나는 노력을 해야 한다. 급변하는 현대 사회의 일원의 구성원으로 톱니바퀴처럼 맞물려 갈 수밖에 없다. 이 또한 행복한 미래를 꿈꾸는 담보일 것이다.

제11장
施罰勞馬(시벌로마), 足家之馬(족가지마)

施罰勞馬(시벌로마), 足家之馬(족가지마) 예전에 어느 드라마에서 남자 주인공이 한 말로 유명합니다. 얼핏 들으면 욕하는 소리 같아서 우스갯말로 예전에도 많이 쓰였고, 한때 인터넷 검색어 우선순위에 올라와 직장인 사이에서도 화자가 되어 입에 오르내리고 했습니다. 재미가 있는 말이라 인터넷에서 검색 발취, 정리하여 소개 (인터넷 야후 발취 인용)해 봅니다 "시벌로마 족가지마" 어디서 많이 들어 본듯한 말이 아닌지요? 이 말은 고사성어라는데요. 유래를 잠깐 들여다보면 재미있습니다. 그리고 깊은 뜻은 우리네 삶에 가르침을 주는 사자성어(四字成語)입니다.

施罰勞馬(시벌로마)

당나라 때, 한 농부가 열심히 일하는 말에게 자꾸만 가혹한 채찍질을 가하는 것을 길을 지내가던 나그네가 보았답니다. 열심히 일하면서도 채찍을 맞는 말이 안쓰러워 농부에게 나그네가 물었답니다.

"열심히 일하는 말에게 왜 자꾸만 채찍질을 가하는 거요?"
그러자 농부는 말이란 가혹하게 부려야 다른 생각을 먹지 않는다고 답했습니다. 남의 말을 놓고, 가타부타할 수 없었던 나그네는 말이 불쌍해서 한 마디를 내뱉었습니다.

"아! 시벌로마(施罰勞馬) 열심히 일하는 말에게 벌을 가한다."라는 뜻이다.

근래에 들어 열심히 일하는 부하 직원에게 상사가 자꾸만 잔소리할 때 인용해 쓰이는 우스꽝스러운 말입니다.

足家之馬(족가지마)

진나라 때, 어느 마을. 그 마을 사람들의 성씨는 신체 일부를 따르는 전통이 있었다고 합니다. 대대로 귀가 큰 집안은 이(耳) 씨, 화술에 능통한 집안은 구(口) 씨, 그리고 손재주가 뛰어난 '수'(手) 씨, 발재간이 좋은 족(足) 씨네 집안이 살고 있었습니다. 이중 '수'(手)씨네는 말(馬)이 한 필 있었는데, 도적들과의 전쟁에서 큰아들이 말을 타고 나가 큰 공을 세워 벼슬을 받았습니다. 이것을 본 앞집의 족(足) 씨 집안에서는 배가 아팠던지 "'수'(手) 씨네 손재주나, 달리기 잘하는 족(足) 씨네 발재간이나 비슷하니, 우리도 말을 한 필 길러봄이 어떨까?" 하여, 말 한 필을 길들이기 시작했답니다. 한 달 후, 때마침 떼를 지어 도적들이 마을로 내려왔습니다. 이를 본 족(足) 씨는 아들에게

"어서 빨리 수(手) 씨 집안보다 먼저 우리 말을 타고 나가서

공을 세우거라." 일렀고

족(足) 씨 집안의 장자(長子)는 급히 말을 타고 나가다, 대문의 윗부분에 머리를 부딪쳐 어이없게도 죽고 말았답니다. 이를 본 족(足) 씨는 통곡하며

"내가 진작 분수에 맞는 행동을 했더라면, 오늘의 이 변을 막을 수 있었을 것을" 하며, 큰아들의 주검을 잡고 통곡하였습니다. 이렇듯 분수에 맞지 않는 말이나, 행동하는 사람에게 '족가지마(足家之馬)'라고 했답니다.

위와 같은 고사성어가 이전에도 실제로 쓰였든 아니면, 누구에 의해 짜 맞추어진 고사성어이든 간에, 우리가 어릴 때, 흔히 하던 욕과 발음이 엇비슷하여, 마음에 와 닿지 않나 싶습니다. 열심히 일하는 사람을 못 잡아먹어 안달인 상사(上司)를 지칭하는 '시벌로마(施罰勞馬)'와 분수에 지나친 행동을 경계하라는 '족가지마(足家之馬)'란 사자성어로 한 방 먹였던 드라마 상, 주인공의 말이 많은 시청자에게 공감을 불러일으켰다는 것은 자신의 말이기도 했기 때문일 것입니다. 안하무인(眼下無人)격 태도에 일침을 가하는 통쾌함일 것입니다. 특히 얼핏 욕설로 들릴 수도 있어 쉽게 사람의 머릿속에 기억되기도 하는 말입니다. 이 말이 직장인 사이에서도 화자가 되었던 것은, 직장 상사의 일방적인 지시와 억눌림에 앞에서는 차마 못 할 말이지만, 뒤돌아서서, 한 번쯤 내뱉을 듯한 말이 아닌지 생각해 봅니다. "施罰勞馬(시벌로마), 足家之馬(족가지마)" 툭 던져 놓고 웃음 짓습니다.

제5부 계절 따라 흐르는 삶

영원히 피우는 꽃은 없습니다. 피웠으면 지는 것이 자연의 순리입니다. 사람이 필 때 아름다운 향기를 뿜는 꽃이었다면, 질 때는 삶의 향기로운 자취를 남겼으면 좋겠습니다.

제1장
계절 따라 흐르는 삶

아침에 눈을 뜨면서 오늘 하루가 있음에 감사를 하며 하루를 시작하시나요? 아마 사람 대부분은 그럴 겨를도 없이, 시간에 쫓겨 바쁜 아침을 맞이할 겁니다. 우리의 삶은 영원할 거 같아도, 누구에게나 종착점이 있습니다. 우리의 삶은 날마다 달리기를 하듯이 앞만을 향하여 뛰어갑니다. 초침은 부지런히 뜀박질하여 분침을 돌리고, 분침은 시침을 돌려 하루하루를 돌리며, 한 달이 되고 두 달이 되어, 가쁜 숨을 몰아쉴 즈음이면, 새로운 계절을 맞아, 멈추는 일 없이 계절 속을 질주하여, 일 년이 지납니다. 이렇게 반복하며, 세월은 흘러가고 사람도 흘러가다, 어느 계절의 모퉁이에서 모월 모시에, 시간의 뒤안길로 사라지면서, 시간의 굴레에서 벗어납니다. 그러고 보면 시간과 시간 사이 계절과 계절 사이의, 순간순간이 영화를 찍는듯한 인생입니다. 그중 특히 소중했던 순간을 추억이라는 액자에 담아, 가슴에 걸어두고 오래 기억하며 살아갑니다.

계절 안에 머무는 사람도 계절에 적응하려 계절 따라 변합니다. 봄, 여름, 가을 겨울을 거치면서 계절마다 색다른 삶을 살아갑니다. 먹는 음식이 그렇고, 입는 옷도 계절에 따라 달리 입습니다. 사람마다 좋아하는 계절이 있을 겁니다. 꽃피어나는 화사한 봄을 좋아하는 사람이 있는가 하면, 태양이 뜨겁게 내리쬐는 정열의 여름을 좋아하는 사람이 있을 겁니다. 낙엽이 물들고, 뿌린 씨앗이 열매를 맺어, 수확하는 풍요로운 가을을 좋아하는 사람도 있을 겁니다. 그리고 냉혹하리만큼, 차디찬 것 같지만, 품을 넌지시 내어주는 따뜻한 겨울을 좋아하는 사람도 있습니다. 인생을 사계절에 비유합니다. 봄은 꽃들이 피어나고 싹트는 것처럼 사람도 태어나서 성장기를 거치는 소년기입니다. 여름은 초록빛 신록이 짙어지고, 작열하는 태양이 불길같이 타오르고 때로는, 폭우를 동반하는 태풍이 휘몰아칩니다. 사람을 여름에 비유하자면 한창인 나이인 청년기입니다. 태양도 삼킬 듯이 무서울 것이 없는 시기이지요. 과일로 따지자면 꽃잎이 갓 떨어져 열매를 맺는 시기입니다. 가을은 결실의 계절입니다. 잎새들도 한둘 단풍 들어갑니다. 땀 흘려 일구고 때로는 시련을 맞아도 슬기롭게 극복해 빛 좋은 열매를 거두어들이는 시기입니다. 성숙한 시기인, 이 시절이 사람으로 비유하자면 장년기입니다. 겨울은 매서우리만큼 냉혹한 추위와 하얀 눈이 내리는 계절입니다. 하얀 눈이 세상을 하얗게 덮어 놓지요. 추위에 활동이 움츠러들고, 따스한 곳을 찾습니다. 사람의 겨울은 노년기라 말할 수 있습니다. 그동안의 노고에 몸은 늙어져서 자연으로 돌아갈 준비를 하는 시기입니다. 그렇게도 분주히 초침을 따라 달려왔던 인생길의 종착점을 눈앞에 두고 있는 시기입니다.

사계절 안에 우리의 인생이 담겨 있습니다. 봄은 희망을, 여름은 정열을, 가을은 진실을, 겨울은 침묵을 가르쳐 줍니다. 계절은 그냥 오고 가는 것이 아니라, 계절 안에 내포한 심오한 뜻이 있습니다. 그 뜻을 헤아리며 더불어 살아가는 지혜가 중요합니다. 해마다 맞는 계절은 닮은 듯 다른, 계절 안에는 많은 변화가 있습니다. 계절 안에는 피고 지고 하는 계절의 순환은 지금도 끊임없이 일어납니다. 자연의 순리를 거스르고는 살아갈 수 없습니다. 사람은 계절에 더부살이합니다. 계절의 색깔을 채색하며 살아가야 합니다. 계절에 더부살이하는 사람이 가끔은 사람이 계절을 거느리는 주인인 양 착각을 합니다. 계절의 순풍을 타고 순항하시는 당신은 지금 인생의 어느 계절에 머물러 있는지 생각해본 적이 있나요? 인생은 긴 듯싶지만, 돌아보면 짧은 것이 인생이라 했습니다. 속절없이 흘러가는 시간을 일깨워주는 좋은 시구(詩句)가 있습니다. 우리가 예전에 배운 권학문주자훈(勸學文 朱子訓)의 시(詩)구절(句節)에 지당미각춘초몽(池塘未覺春草夢) 계전오엽기추성(階前悟葉己秋聲) 이라는 시구(詩句)가 가슴에 울림을 줍니다. "못 가에 풀들은 아직 봄 꿈에서 깨어나지 못했는데, 뜰 앞의 오동잎은 벌써 가을을 말하누나!" 영원히 머물 것 같은 우리네 삶의 계절이지만, 사람은 어느 해 어느 계절 모월 모시에 태어나, 꽃피우고 잎을 달고 사랑을 하고 튼실히 열매를 맺은 후, 단풍 들어, 어느 해 어느 계절 모월 모시에, 홀연히 바람같이 사라집니다. 사람은 영원할 수 없습니다. 영원히 피우는 꽃은 없습니다. 피웠으면 지는 것이 자연의 순리입니다. 사람이 필 때 아름다운 향기를 뿜는 꽃이었다면, 질 때는 삶의 향기로운 자취를 남겼으면 좋겠습니다.

제2장
늦은 가을날 풍경

가을이 오면 가을앓이가 시작됩니다. 가을은 변덕이 심한 여인네 마음 같습니다. 아침저녁으로 싸늘하다가도 한낮에는 언제 그랬냐는 듯이, 뜨거운 온기를 뿜어댑니다. 물물이 갈바람이 살며시 찾아와 마음을 흔들어 대곤 합니다. 갈 옷으로 곱게 치장한 여인이 유혹의 손짓을 하염없이 보내오는 듯합니다. 차마 거절할 수가 없어 못 이기는 척, 가을 여인의 손길에 이끌려 어디론가 무작정 떠나고픈 욕구가 꿈틀거립니다. 가을을 고독의 계절이라 말하고, 혹자는 낭만의 계절이라 고도 합니다. 또한 누군가가 막연히 그리워지는 계절이기도 합니다. 소슬히 불어오는 가을바람은 뭇사람의 가슴을 괜스레 울려놓곤 합니다.

가을날의 눈물

새초롬히 노닐던 해는

시름을 벗어 놓고
추억만을 챙겨서
산허리 구비 돌아 힘겨운 걸음 딛고
땅 그림자에 먹혀가는
저물녘 가을날은 숨을 고른 후
산등성에 걸린 달에 얹혀 떠날 즈음
가을밤을 갈라놓는
애끓는 풀벌레 울음소리
눈시울이 뜨겁도록
가슴을 마구 후벼 파며
바짓가랑이 잡고 매달린다.

가을 하늘은 푸르르고 높아서, 사색에 잠기는 그리움을 모조리 밀어 넣으면, 물밀 듯이 살가운 얼굴이 하르르 피어납니다. 옛적에 영영 떠나가신 그리운 님이, 쪽빛 하늘 강물에 하얀 조각배를 띄워 타고, 유람을 왔다가, 옛정을 못 잊어 못 잊어서 눈물을 떨어뜨리면, 전신에 번져나는 미묘한 파장이 요동쳐 몸을 가누기조차 힘이 듭니다. 가을 하늘은 그리운 사람의 얼굴까지도 곱게 담아 놓습니다. 가을 하늘은 사람의 마음까지도 시리도록 푸르게 물들여 놓습니다.

시리도록 푸른 하늘

사색에 잠겨 한량없이 즐기던
한 조각의 그리움마저
어디론가 훌쩍 떠나버리고

외로움에 주린 하늘은
시리도록 푸르디 맑아서
손닿으면 와자작 정적이 깨어져
얼룩진 눈물을 씻길 듯이
왈칵 흘러내릴 것만 같은
쪽빛을 띤 물결이 찰랑대누나.

발그레 터지기 시작한 가을 햇살은, 사람들의 가슴에도 갈꽃을 피우기 위해 부산을 떨며 온몸을 사르고 있나 봅니다. 가을바람에 서걱대는 억새의 노래는 누구를 위한 전주곡인가요. 눈물을 흘릴 시간마저 없는 현대를 살아가는 많은 사람의 가슴에 차곡차곡 담아 놓은 눈물을 터뜨리려는 것은 아닐까요? 어깨를 들썩이며 흐느끼는 억새의 울음에 동요되어 눈시울이 붉어집니다. 저마다의 가슴을 울려놓는 억새의 울음소리는 가을날을 흥건히 울려놓고 맙니다. 가을날을 울려놓은 억새의 울음소리 따라, 가을날은 울다가 잠들고, 울다 잠들다 하기를 반복합니다. 가을바람 따라 출렁이는 외로움과 쓸쓸함은, 억새의 몸부림치는 울음에서 오나 봅니다.

억새의 몸부림

살짝 스치는 바람결에도
바지런히 반응하는
억새의 몸부림은
누구를 그토록 애타게 기다리는
하염없는 몸짓인가

갈 바람에 일렁이는 춤사위는
그립다고 외롭다고 보고 싶다고
자지러지는 억새의 울부짖음이런가
늦가을날을 은빛으로 흩어 뿌리며
뭇 님들의 가슴을 흔들며
갈색 추억에 젖게 하는구나.

모진 고초 홀로 삭혀가며, 새벽이슬 눈물 내려받아 피어나는 들국화, 뭇 꽃들이 향연에도 끼어들지도 못하고, 세상의 모퉁이에서 있는 듯이 없는 듯이 머물러 있다가, 긴 기다림 끝에 처연히 피어나 청초한 꽃을 피워, 가을날을 밝게 밝히는 들국화의 향기가 진하도록 향기롭습니다. 외로움을 타는 사람에게 들국화는 화사하게 다가섭니다. 한낱 잡초에 지나지 않는 잡풀인가 하였더니, 영글찬 가을 들판처럼 넉넉한 품새를 내어주는 진정한 꽃이 들국화입니다. 서럽게 피어나 시린 날씨에 이울어가는 들꽃화의 눈물이 우리네 삶인듯하여 가슴이 아려옵니다.

들국화의 눈물

시름겨워 오시는 우리 님
고운 걸음걸음마다
그윽한 향기 피워 놓고
어서 님 오시라
공손히 마중하는 애절한 기다림을
질투라도 하듯

찬이슬과 매서운 서리가
애달픈 가슴에 침범하여
가녀린 몸을
조각조각 편편이 훑어 내리면
애처로운 모습으로
싸느랗게 식어가는 눈물
서러워서 어이하나
가여워서 어이하리.

창밖 갈바람에 사각거리는 소리가 님이 오시는 기척으로 들립니다. 오래전에 떠나간 님이, 가을 초입으로 걸음을 놓을 거 같아, 마중하고픈 충동이 절로 드는 가을입니다. 가을날에 새로운 누군가 와도 만나 대화를 나누고픈 계절이기도 합니다. 가을 길에서 우연히 만난 사람과 격의 없는 대화를 나누며, 가을 속을 거닐고 싶습니다. 이왕이면, 허심탄회하게 의견을 나눌 수 있는 오랜 지기였으면 더욱 좋겠습니다. 가을에는 그 누군가가 오지 않을지라도, 막연한 기다림으로 눈물이 날 것 같습니다. 가을에는 사랑하는 사람과 함께 머물기에 너무 짧습니다. 헤어짐이 아쉬워 석별의 정을 나누느라 늦가을 날은 온통 눈물바다입니다.

낙엽 밟는 소리

인제 그만 떠나야 한다며 매달리는
추풍(秋風)을 잡고
지난 시절을 되새김질하다

붙잡고 있던 시간을 놓아주면
계절의 어귀로 종종걸음 뗄 때
서걱서걱 낙엽 밟는 소리는
떠나가는 가을을 불러 세우는
구슬픈 목소리 같아
가던 길을 뒤 돌아보고
또 뒤돌아보며
아쉬움에 애연히 눈물짓누나.

가을 햇살을 따먹으면 로미오와 줄리엣의 슬픈 사랑 이야기가 번져나, 단풍 든 눈물은 하나둘 떨어집니다. 가을에는 사랑하는 사람을 떠나 보내는 일 없이, 사랑하는 계절이었으면 좋겠습니다. 가을 이별은 너무 가혹합니다. 살가운 사람의 숨결을 오래오래 느끼고픈 가을입니다. 함께하기에 너무 짧은 가을이기에 슬픕니다. 늦은 가을날은 모두가 훌훌 떠나버리고 홀로 남겨진 듯합니다. 텅 빈 가슴은 허허로운 들판이 됩니다. 가을이 들면 혹독하게 가을앓이를 치르곤 합니다.

홀로 남겨진 외로운 날

모두가 떠나가고
덩그러니 홀로 남겨진 듯한
외로운 날에
뒤늦게 찾아 나서는
때 늦은 걸음은
떠나간 발자취를 따라잡을 길 없음에

목쉰, 메마른 울음으로
정처 없이 헛걸음치다
갈 곳을 잃어
우두커니 먼 산을 바라다볼 때
흐리시 산기슭 굽이진 길로
멀어져 가는 뒷모습이 애달파라.

주응규 2 시집 "삶이 흐르는 여울목"에 실린 연작시 "늦은 가을날의 풍경"을 삽입하여 쓴 글입니다.

제3장
현대인의 고속 질주

우리나라를 찾는 외국인들이 가장 먼저 배우는 말 중의 하나가 "빨리빨리"라고 한다. 좋게 말하면 부지런한 우리 국민성을 말하는 것일 테고, 나쁘게 말하면 여유 없이 조급하게 살아가는 우리 국민 일상의 단면으로 비추어질 것이다. 빠름을 추구하는 현대인들을 쫓아가기에 숨이 벅차다. 현대인들의 삶은, 속도 전쟁에서 살아간다고 해도 과언이 아닐 것이다. 기술은 나날이 발전해 현대사회를 정보전쟁시대라 일컫는다. 빠르게 빠르게 돌아가는 세상이다. 남들과 보조를 맞추려면 자연적으로 보폭을 넓힐 수밖에 없다. 그래도 남을 따라잡을까 말까다. 남보다 한치라도 앞서가려 속도를 내는 뭇사람 속에서, 한 발짝이라도 뒤처질까 안달이나, 현대인의 무리 속에, 기(氣)를 쓰며 끼어들어 탑승하려 한다. 탑승하지 못하면, 공연히 자신만 도태되는 것이 아닌가 하는 기분이 들어 초조하고 불안해진다. 이런 현상을 "속도 증후군"이라고 한다. 현대의 많은 사람이 속도 증후군에 시달린다고 하는 연구 결과를 본 적이 있다.

현대인들의 속도 경쟁은 성공의 향방을 좌우한다고들 한다. 빠른 속도만이 현대인의 경쟁에서 살아남는 시대라 한다. 조금이라도 느려지거나, 뒤처지거나 하면, 사람이든 기업이든, 소비자로부터 외면당한다. 요사이는 속도 중에서도 초고속으로 질주해야 살아남는 시대다. 남들보다 빠른 초고속 운송수단, 간편하고 빠른 식생활, 조립식의 빠른 건축, 초고속 인터넷 등, 남보다 발 빠른 속도를 지향하며 빠름이 곧, 성공이요 경쟁에서 살아남는 유일한 길이다.

우리는 언제부터인가 느리거나, 기다리는 것에 익숙하지 못하다. 도로에서 교통 신호를 기다릴 때나, 운전할 때, 차량 속도도 남보다 앞서가려 규정을 위반해 가며 속도를 낸다. 3분 먼저 가려다가 영영 세상을 앞서 떠날 갈 수도 있는데 말이다. 기어코, 남을 밟고서라도 앞서가야만, 직성이 풀리는 시대에 접어든 것이 무섭기까지 하다. 이러다 보니, 자연히 타인에 대한 배려보다는, 자기 제일주의가 되어간다. 남이야 어떻게 되든 말든, 자기만 살아남으면 된다는 심보가, 너나없이 널리 자리매김하고 있다. 요즘은 기성세대들이 어린 자녀들에게까지 속도를 은근히 부추기는 추세다. 다른 아이보다, 자기 자식을 앞세우려는 조급함으로 밤늦게까지, 이 학원, 저 학원으로 쉴새 없이 돌리는, 학부모들의 극성이 정도를 넘어선 듯하다. 우리 세대들은 대체로 방과 후, 아이들과 어울려

냇가에서 고기를 잡거나, 물장구치며 놀고, 산과 들을 놀이터 삼아, 자연에서 뒹굴며 자라났다. 이렇게 말하면, 현재 학부모들은 무슨 고리타분한 이야기냐면서, 귀신 씻나락 까먹는 소리 그만하라며 역정을 낼 것이다. 아무튼, 요즘 아이들은 극성스러운 부모 밑에서 하루 24시간 감금되어 있다는 생각이 든다. 날마다 반복되는 시곗바늘의 오차 범위를 벗어 날 수가 없으니 말이다. 단어 하나를 더 외우고, 공식 하나를 더 풀어서 좋은 대학을 가고, 좋은 직장을 구할 수 있을지는 몰라도, 더불어 살아가는 방법을 배우지 못하였으니, 우리 사회가 점점 개인주의에 치달을 수밖에 없는 것은 아닌지, 곰곰이 되새겨 볼 때다. 무엇보다도 중요한 것이 인성교육일진대 말이다. 모두 공감하면서도 시대 상황을 놓고 보면, 답답하기만 하다. 앞으로도 풀어나갈 방법이 있을는지 요원하기만 하다.

현세대들처럼 빨리빨리 만을 외칠 것이 아니라, 그리고 무조건 현실에 편승할 것이 아니라, 기성세대들이 빠름과 느림의 조화를 때와 장소에 따라 적절히 혼용하는 것도 지혜라는 것을 일깨워 줘야 한다. 우리 세대가 초등학교 다닐 때 배우던, 토끼와 거북이 경주 이야기가 생각이 난다. 아마 저학년 국어책에 실렸던 것으로 생각된다. 익히 모두 아는 내용이겠지만, 다시 한 번 상기(想起)해본다. 토끼와 거북이의 경주 이야기에서 발 빠르고 꾀 많은 토끼가 자만심과 자기 꾀에 빠져, 느리지만 성실한 거북이에게 경주에서 졌다는 내용이다. 우리에게 던지고자 했던 교훈은, 꾸준히 노력하는 자만이 승리 즉 성공할 수 있다는 것이었다. 우리 세대들은 이야기가 주는 교훈을 액면 그대로 받아들였다. 그러나 요즘 아이들에게 이 이야기를 들려주면 내용을 접어 두고서라도, 이의를 제기한다고 하는 글을 어디선가 읽었다. 이의를 제기하는 내용은, 달리기 경주 자체가 불공정하다는 것이란다. 토끼와 거북이가 왜, 땅에서만 달리기 경주하느냐고 되묻는단다. 물속에서 경주한다면, 당연히 힘들이지 않고, 거북이가 이긴다는 현실적 논리이다. 현실적 논리에 할 말을 잃었다는 선생님의 이야기를 보면서, 아하! 맞아 이것이 세대 간, 사고의 전환이라는 인식 차이가 확연히 드러나고 있음을 통감했다. 요즘 아이들은 어릴 때부터 각종 매체를 보고 자라나, 생각 따위가 명석하기는 하다. 요즘 같은 시대라면 충분히 불공정 시비가 일어나고도 남을 일이다. 그러나 어린아이는 어린아이다운 해맑은 동화를 꿈꾸는 상상력으로 커가는 것이 올바른 인성을 기르는 길일진대 하는 생각이 든다.

현대사회는 빠른 속도를 내며 질주하기에, 모든 것들이 간편화해졌다. 옛날에는 종이 신문으로 세상 돌아가는 이야기를 접했지만, 요즘은 스마트 폰 하나면 모든 정보를 공유할 수 있는, 편리한 시대에 접어들었다. 편리함이 주는 만큼 우리는 잃어버리고 사는 것 또한, 무수히 많다. 요즘 들어 느림의 미학을 힘주어 제창하는 이들이 많아졌다. 조금은 불편하더라도, 주변을 자신을 둘러볼 수 있는 마음이 여유를 찾는, 인간 본성의 순수한 삶을 추구를 동경하는 이들이다. 빠르게 빠르게 앞만 보고 질주하다 보면, 서두르다 놓치고 지나쳐 버리는 것이 너무나 많다. 남보다 앞서간다 한들, 두 번을 살 것도 아닌 인생, 소중하고 귀중한 것들을 잃고 산다면, 무슨 소용이겠는가! 느림을 지루하고 답답하다고만 생각지 말고, 즐기는 여유를 가져보자. 우리는 흔히 게으르다는 것과 느리다는 것의 의미를 혼용하는 경우가 있다. 느리다고 해서 게으른 것이 아니며, 빠르다고 부지런한 것이 결코 아니라는 말이다. 가끔일지라도 우리가 살아가는 삶의 풍경 속에서 자신의 일상도 되돌아보며, 삶의 질보다는 사람 사는 냄새가 은은히 풍기는 느림의 미학이 안겨줄 행복을 누리시라. 돈으로도 살 수 없는 선물을 보따리를 스스로 풀어보시라 권하고 싶다. 삶의 오묘한 굴레는 화려한 듯싶지만, 투시되는 각도에 따라 달리 보이는, 행위 예술의 춤사위 같은 것이 우리네 인생살이다.

제4장
우리 시대의 영웅

남을 배려하는 훈훈한 소식을 접하는 것보다, 우리는 네 편 내 편 나누어 싸우는 소식을 접하고 사는 빈도가 훨씬 높습니다. 아니 익숙해져 있습니다. 정치가 그렇고 노동계가 그렇고 사회 전반에 걸쳐, 실리 다툼이 없는 곳이 없습니다. 이것이 사람이 살아가는 풍경이라지만, 그래도 너무 각박하다는 생각이 듭니다. 사람만의 고유한 향기가 사라져 갑니다. 마음의 여유가 없는 것인지, 아무나 섣불리 다가오지 못하게 스스로 악취를 뿌리며 경계합니다. 모 아니면 도라는 식으로 흑백논리에서 한 걸음도 못 나가는 현실의 답답함에 숨통이 막힐 지경입니다. 이권 다툼 앞에서는 국가 간에도 한치의 예외를 두지 않고 전쟁도 불사하는 것처럼, 우리나라 안에서도 정치권을 선두로 당파 싸움이 힘없는 국민을 볼모로 잡아두고, 자기네끼리 실리 챙기기에 혈안이 되어 앞뒤를 재고 말고 할 겨를 없이, 오직 이기기 위해 투쟁하는 모습입니다. 똑같은 사안을 두고도 바라보는 눈은 판이합니다. 오로지 자기들 만의 전쟁에 국민이 피를 흘립니다. 이러하다 보니, 우리 사회의 개인주의 현상은 이웃 간에도, 심지어 형제도 예외가 아닌 세상이 되었습니다. 재산 다툼으로 형제간 살인까지 내는 세상이 되었습니다. 돈 앞에서는 부모도 자식도 없는, 참으로 살벌하고 희한한 세상에서 우리는 살아갑니다. 하루해는 지고 뜨기를 반복해 가며, 상처를 아물게 하기에 간간이 들려오는 우리 사회의 사람 냄새 나는 소식은, 그나마 훈풍으로 우리네 가슴을 향기롭고 따사롭게 합니다.

우리가 사는 인간 사회에서는 어느 시대에서나 영웅이 존재합니다. 그 영웅들은 한 시대를 이끌거나 아우르며 후대에까지 추앙을 받습니다. 영웅들을 국가마다 민족적 영웅으로 길이 후세들이 기립니다. 우리나라도 수많은 영웅이 나라의 숱한 고비마다 자신을 희생해 가며 나라를 이끌고 지켜냈습니다. 이러한 영웅들은 역사적으로 기록이 되어 역사책을 통해 후대가 배워 가기에 잊히지 않고 길이길이 전해오지만, 잊혀 간 무수한 시대의 영웅들이 많다는 것을 우리는 잊고 삽니다. 사람이 사는 시대마다 자신을 희생하여 자신이 아닌 남의 생명과 재산을 지켜내고 자신의 목숨을 던진 사람이 많습니다. 고귀한 자신의 생명을 과감하게 던지는 사람이 이 시대의 진정한 영웅이라 칭하고 싶습니다. 자신의 직무 외의 행위로 타인의 생명 또는 위기에 빠진 사람을 구제하다 사망한 사람을 의사자, 다친 사람을 의상자라 우리는 부릅니다. 이러한 시대의 영웅들이 있기에 메말라 가는 사람들의 가슴을 일깨우는 본보기가 됩니다. 남을 위해서 자신의 생명을 가감이 버린다는 것은 결코 아무나 할 수 없는 희생정신입니다. 우리가 사는 이 시대에도 다른 이의 생명을 살리기 위해 자신의 생명을 희생한 의로운 이들, 의사자 의상자가 있습니다. 우리에게 엄청난 충격을 주었던 세월호 참사에서 자신의 목숨을 아낌없이 희생해, 어린 학생을 구하고, 잠든 이웃을 구하려 불길 속을 뛰어들어 많은 사람의 생녕을 구하고 자신은 사망한 젊은 청년의 안타까운 소식이 그러했습니다. 이외에 우리가 사는 곳곳에서 남을 구하고 진작 자신은 의로운 죽음을 택한 이 시대의 영웅들이 많습니다. 우리 이웃이 곤경에 처한 위험한 상황을 방관하지 않고, 자신의 고귀한 생명을 바쳐서 많은 생명을 살린 의사자 및 의상자야말로 우리 시대의 진정한 위인입니다. 이러한 영웅들은 어느 시대에서나 있었을 것입니다. 그러나 우리네 가슴에서 쉽게 잊히는 게 안타깝습니다.

오늘날 우리가 사는 세상을 눈을 뜨고도 코를 베인다 할, 정도로 세상은 참으로 무섭습니다. 뛰는 사람 위에 나는 사람 있습니다. 서로서로 속이고 속으며 살아가는 세상입니다. 남이야 죽든 말든, 나만 살면 된다는 이기주의는 극에 달해서 살벌하기까지 합니다. 상대적으로 조금만이라도 손해 볼라치면 두 눈에 쌍심지를 켜는 세상에서 우리는 살아갑니다. 상대에 대한 배려는 제쳐놓고서라도 제발 선량한 사람에게 해코지하는 일은 없었으면 합니다. 우리는 의사자 나 의상자에게 마음의 빚을 지며, 살고 있다는 생각을 하며 살아야 합니다.

자신의 생명을 바쳐 남의 생명을 살리는 거룩한 희생정신을 우리는 잊지 말아야 할 것입니다. 우리가 사는 시대의 진정한 영웅인, 의사자 나 의상자를 길이 추모하고, 그 정신을 잊지 않기 위해서라도, 의사자 의상자 추모관을 지어, 후대에 이르기까지 그 정신을 보전했으면 합니다. 현시대와 미래세대의 인성교육의 장(場)으로도 활용할 수 있기를 주장하는 바입니다.

제5장
갑질 문화 근절

오늘날 우리가 사는 첨단시대는 부산에 사는 사람이 방귀를 뀌면, 서울에 사는 사람이 듣는 시대라 해도 지나치지 않다. 그만큼, 우리네 삶의 일상이 적나라하게 드러난다. 날마다 보도되는 뉴스 속에 단골 메뉴로 올라오는 것이, 사회의 특권층 관료주의적 사고방식의 문제점을 뜨겁게 다룬다. 힘있는 자들이 약자를 울리는, 꼴불견 현상들이 언론의 도마 위에서 난타를 당한다. 얼마 전, 어느 장관이 국회 인사청문회에서 야당으로부터 호되게 당하고, 자신이 지방대학교 흙수저 출신이라 수모를 당했다는 취지로 인터뷰한 후, 야당 국회의원으로부터 거센 후폭풍을 받았다. 우리 조국 대한민국 내에서는 언제부터인지 금수저, 은수저, 흙수저와 같은 수저론이 국민의 서열로 자리매김 하는가 싶더니, 급기야는 갑질 횡포가 언론매체를 뜨겁게 달구면서, 우리나라 대한민국 국민의 민낯을 드러내는 듯하여 씁쓸하다. 갑질이란 권력의 우위에 있는 갑(甲)이 사회적 약자인 (乙)을 대상으로 부당행위를

행하는 것을 일컫는다. 요즘 들어 갑질에서 한발 더 나아가 슈퍼 갑질, 울트라 갑질이라는 신조어까지 생겨났다. 그 피해는 고스란히 힘없는 서민들 차지다.

우리 사회의 갑질의 형태도 참으로 다양하다. 정치, 경제, 사회, 전반적인 분야를 막론하고, 우리 사회 곳곳에서 갑질 논란이 일어나지 않은 곳이 없다고 단언해도 무리는 아닐 것이다. 사회 지도층이 솔선수범을 보여, 국민의 존경을 받아야 할 것인데, 국민의 신뢰를 헌신짝 버리듯 하는 행동은 어제오늘만의 일이 아니다. 이제는 실망을 넘어 분노에 찬 불신이 팽배해 있다. 우리 국민 또한 집단이기주의에 영합하는 오늘날이 심히 염려스럽다. 권력을 손에 쥐면 타인에 대한 배려보다는, 자기중심적 안하무인 성향이 강화된다는 것이, 심리학적인 이론이다. 왜곡된 우월의식을 갖는 사람이, 자기가 힘이 있다는 걸 보여주는 징표쯤으로 생각하고 있다는 것이, 우리 사회의 큰 병폐이다. 갑질은 위, 아래를 확연히 구분 짓고 나보다 약한 사람, 만만한 사람에게는 함부로 해도 된다는 무례한 인식을 내포하고 있다. 자기보다 강한 사람에게는 남들이 보기에 민망할 정도로 한없이 굽실거리면서, 자신보다 약한 약자에게는 군림한다. 갑질 근성은 어느 사람 누구에게나 존재할 것이다. 다만 권력이나 명예를 거머쥐지 못했기 때문에 드러내지 못하고, 저마다의 가슴에 숨겨놓은 것은 아닐까? 세월이 더해 갈수록 갑질 행태의 확장이 더하면 더했지, 줄어들 리 없다는 것이 중론이다. 그러나 그 해법의 실마리를 하나하나 찾아 개선해 가는 게 무엇보다도 중요한 우리의 과제이다. 국가의 백년대계라 할 수 있는 우리의 교육은 어떠한가? 초등학교부터 대학에 이르기까지 음으로 양으로 경쟁하는 것만 가르치지, 주위의 약자에 대한 배려와 더불어 살아가는 인성교육은 뒷전인지 오래다. 오로지 공부 잘하는 것만이 최고다. 교육의 근본적인 개선이 시급하다. 인생을 살아가는 데는 지식보다는 부릇, 남을 배려하는 인품을 우리 사회는 필요로 한다.

우리 사회 각 분야에서 우월적 지위를 이용한 약자에 대한 갑질의 행태가 상상을 초월한다. 유, 무형의 폭행과 폭언을 행사해, 을의 서러운 처지를 헤아리지 못하고 오히려 즐기는 비정상적 행태가 못내 기가 차, 말문을 막히게 한다. 갑질을 하는 사람은 갑질을 당하는 사람의 심정을 모른다. 자신이 하면 로맨스요. 남이 하면 불륜이라는 자기중심적 사고관념에 사로잡힌, 이분법적 사고에서 갑질의 행태가 시작된다. 갑질 횡포는 우리 사회 곳곳에 뿌리내린 독버섯과 같다. 독버섯은 식용과 혼동하기 쉽다. 독버섯은 보기에 화려할지 모르나, 곤충이나 벌레는 물론이거니와 사람과도 공생을 못 한다. 이 독버섯 같은 국민의 공분을 불러일으키는 갑질의 행태를, 우리 사회에서 뿌리 뽑아야 한다. 갑질의 시대 정신을 논하지 않더라도, 모든 종교의 가르침은 인간은 누구나 평등하다는 것과, 사회의 소외된 약자를 사랑하라고 가르친다.

우리 사회의 투명성과 도덕성을 높이자는 취지의 김영란법(부정청탁금지법)이 시행되었다. 이 법으로 말미암아, 우월적 지위를 이용한 갑질의 행태가 조금이나마 줄어들기를 빌어본다. 배려와 존중으로 갑질 없는 사회를 꿈꾸는 것이, 우리 모두의 염원일 것이다. 우리 사회에 만연한 갑질 행태를 근절할 수 있는 것은, 결코 정부만의 경찰만의 몫일 순 없다. 우리가 모두 팔을 걷고 남의 일이 아닌 나의 일로 받아들여야 한다. 갑질 행태를 부리는 사람에게는, 우리 스스로가 분명한 선을 그어야 한다. 갑질을 근절시키기 위해서는, 적절한 타협이 있어서도 안 된다. 법의 힘을 빌려서라도 뿌리를 뽑아야 하는 것이, 이 시대를 살아가는 우리의 사명일 것이다. 우리 스스로가 알게 모르게 갑질하고 있는 것은 아닌지, 심도 있는 성찰이 필요하다. 누구를 탓하기 이전에 자신을 되돌아보는 것이 무엇보다 중요하다.

제6장
은행 지뢰 가로수

시월이 되면, 은행나무 가로수가 심어진 인도를 지나는 사람은, 남녀노소 할 것 없이 전쟁터 지뢰밭을 지나듯이, 한 발 한 발 내딛는 발걸음이 조심스럽다. 아무리 능숙 능란할지라도, 촘촘히 뿌려진, 지뢰밭을 무사히 통과하기란 쉽잖다. 도리 없이 밟고 지나갈 수밖에 없는 것이 은행 지뢰이다. 은행을 밟은 발로 차를 타거나 엘리베이터를 타면, 구린내로 오해받기에 십상이다. 쳐다보는 눈길에 민망하다. 구름 한 점 없는 하늘은 푸르르게 높아져 가는 가을이오면, 샛노랗게 물들이는 은행나무가 가을의 정취를 물씬 드높인다. 우리나라에서 가장 흔하게 볼 수 있는 가로수가 아마, 은행나무일 것이다. 은행나무는 성장 속도가 빠르고, 공기 정화 효과가 탁월하다. 병충해에도 강해 가로수로 많이 심어졌다. 도심 속의 은행나무 가로수는 봄부터 여름까지, 푸르름으로 쾌적한 느낌과 녹색이 주는 안정감을 시민들에게 제공한다. 그리고 가을에는 도심 속의 가을 전령이다. 노란 은행잎과 탐스러운 은행 열매는 도심 속의 가을빛이다. 은행나무 가로수 길은 금빛을 뿌려 놓은 듯 찬연하다. 단풍 든, 은행나무 길을 걸으며, 가을 낭만에 취한 적은 누구나 있을 것이다. 어릴 때, 책갈피 사이에 노란 은행잎을 꽂아두었던 추억도 새롭다. 도심 속의 숲, 관심도가 차차 높아지면서, 가로수가 도시의 품격을 높이는 중요한 요소가 되어간다.

가을이 오면 은행나무 가로수는 어느 순간부터 시민들의 불쾌감을 주는 도심의 골칫덩어리가 되어있다. 원인은 은행 열매껍질에서 나는 악취 때문이다. 은행을 감싸고 있는 과육질에 빌리볼(Bilobol)과 은행산이 함유되어 있기 때문이란다. 빌리볼은 옻나무에도 들어있는 성분으로 피부염을 일으킨다. 이 같은 독성은 자기를 보호하는 기능으로 동물이나 곤충으로부터, 종자를 지켜낸다. 은행의 고약한 냄새가 자기방어적 수단인 셈이다. 이러한, 은행이 예전에는 노인분들이나 일부 시민들이 몸에 좋다고 해서, 은행을 대놓고 털어가 문제가 된 적도 있었다. 이러하던, 은행이 2012년 도로변 과실수 중금속 함유량 측정 결과를 발표하면서, 일부 가로수 은행에 납, 카드뮴이 먹는 물 수준 기준을 초과했거나, 기준에 달한다고 발표하였다. 도로변 자동차 배기가스에 날마다 노출되어 있어, 주의가 필요하다는 언론보도가 있었던 이후, 이제는 가로수 은행을 줍는 풍경을 쉽사리 찾아볼 수 없게 되었다. 도로 가로수에 은행이 떨어져, 사람 발이나 자동차 바퀴에 짓밟힌, 은행 냄새로 민원이 증가하자, 공무원까지 나서서 수거하지만, 인력이 턱없이 모자라 민원을 해결하기에 역부족이다. 어떤 지방자치에서는 은행나무 열매가 익기 전, 사전에 따낸다고도 하니 가로수 은행 열매가 천덕꾸러기가 된 셈이다.

은행은 식용과 약용으로 사용된다. 은행의 효능은 성욕감퇴, 신경쇠약, 전신피로 등을 개선해주며 은행에는 단백질, 지방 갈슘, 인, 철분 등, 영양가도 높다고 한다. 특히 기관지에 좋고, 위를 보강하는 효과까지 있단다. 이 밖에도 몸이 찬 사람이 은행을 먹으면 몸을 따뜻하게 하고, 소변을 잘 보게 하는 효능이 있으며, 또한 은행잎에는 플라보노이드라는 성분을 가지고 있다. 이 성분은 혈액순환을 좋게 하여, 피부와 혈색을 맑게 해주는 효과도 있단다. 혈관에 관련된 질환이 있는 분들에게 은행효능은 정말 좋단다. 치매에도 도움이 되며, 기력회복에도 좋은 건강식품이란다. 그렇지만, 제아무리 좋은, 이 모든 것이, 넘치면 모자람만 못하다. 은행에는 메틸피리독신이라는 독성물질이 함유되어있기 때문에, 과하게 먹으면 오히려 몸을 상하게 할 수도 있단다. 어른 1일 섭취량은 10알 미만, 어린아이는 2~3알이 좋다고 권장한단다.

은행나무 가로수가 도심 속의 가로수로 자리매김하면서, 공기를 정화해주고, 쾌적한 녹색의 안정감을 주며, 도심 속에 가을의 정취를 쏟아낸다. 하지만 은행나무 열매는 차량과 행인들의 발에 짓눌러서 나는, 악취는 시민들의 불쾌감을 주고, 도로가 얼룩져 도시의 미관을 저해한다. 은행나무가 이렇게 애물단지가 되었다. 은행나무는 심은 후, 15년이 지나면 열매를 맺는다. 농민들은 모든 과실나무에 많은 열매를 달기 위해 혼신의 땀을 흘린다. 하지만, 도심 속의 은행나무만은 열외다. 열매를 맺지 않게 하는 수단을 취하기에 이르렀으니 말이다. 은행나무 가로수 열매의 낙과로 인한 악취 등으로 매년 되풀이되는 민원이 거듭되기에 이르자, 앞으로는 지하철역이나 버스정류장 등 사람의 통행이 잦은 곳의 은행나무 가로수는 은행을 맺지 않는 수나무로, 순차적으로 교체한다고 한다. 이 또한 많은 예산이 소요되어 쉽사리 해결하기란 만만치 않다. 은행나무 암수 구별은 커가면서 알 수 있다. 옆으로 넓게 뻗친 것은 암나무이고 위로 쭉 뻗은 것은 수나무이다. 앞으로는 DNA 검사를 통해 수나무만 골라, 은행나무를 가로수로 심는단다. 은행나무는 우리의 삶에 유익한 나무이다. 우리나라를 대표하는 가로수 나무이기도 하다. 하지만, 우리 실생활에 주는 악영향 또한 적잖아, 문제점 해결을 위해 장기적으로 도심의 가로수는 은행이 열리지 않는 수나무나 다른 나무 종으로 심어져야 한다. 은행나무 가로수의 이러한 문제점 이야기도, 먼 훗날에는 옛이야기가 되어있으리라. 그때 그 시절의 영상 필름에 소중히 기록될 것이다.

제7장
고령화 시대 채비

한 세대가 지나가면 또 한 세대가 그 자리를 꿰차고 대를 이어가며, 종족 번식을 하는 것이 동물이나 식물이나 원초적 본능이다. 그중 만물의 영장이라는 사람은 태어나서 성장하여, 배필을 만나 백년해로를 언약하며 한 가정을 이룬다. 부부로 만나 일생을 다하는 날까지 동행하는 것이 큰 축복일 것이다. 짝 잃은 외기러기 신세가 되어 노후를 보내는 주위 노인의 모습은 처량하기만 하다. 아무튼, 남녀는 부부라는 연으로 만나 자식을 낳는다. 천륜으로 맺어진 것이 부모와 자식 간이다. 부모는 자식을 위해 한평생을 헌신과 희생을 한다. 국가별로 기본적으로 자식 사랑은 같을 수 있겠으나, 방법 면에서는 우리나라가 유독, 부모가 자녀에게 헌신과 희생하는 강도가 다른 나라에 비해 과하리만큼 정도가 넘친다. 자식을 애지중지 키워 놓으면 자식은 부모 은덕을 당연시 치부한다. 부모와 자식 간의 사랑도 이제는 부모가 주는 사랑만 있는 것이지 자식이 부모에게 되돌려 주는 사랑, 즉 자식에게 효

(孝)를 바란다는 것은 차츰 옛일이 되어 가고 있는 현실이다. 우리나라는 예로부터 효와 경로사상을 중히 여겼다. 효와 경로사상은 인간답게 살아가고자 할 때, 사람이 가장 먼저 실천해야 할 백행의 근본으로 여겼었다. 그러나 시대가 부모와 자식 간에도 그리고 세대 간에도 사상의 다리를 만들어 놓아, 서로의 생각 정도가 큰물이 몰아쳐 그나마 위태로이 전해져 내려오던 우리의 미풍양속의 가교 구실을 하는 다리마저, 범람하는 강물에 언제 휩쓸려갈지 모르는 지경에 이르렀다.

아낌없이 주는 사랑이 부모가 자식에게 베푸는 사랑일 것이다. 부모는 자식에게 헌신과 희생으로 자신의 전부를 내어준다. 자식을 남들보다 잘 키우려는 부모의 욕심은, 실력이 있건 없건 간에 너나없이 모두 대학을 보낸다. 부모 된 심정으로야 마땅히 자식을 대학을 보내야 인간 대접을 받고 사회 구성원으로 살아간다고 믿기 때문일 것이다. 이제 우리나라 부모들도 조금씩 개선 되어간다. 공부에 소질이 없는 자녀에게는, 시대에 맞게 자녀의 적성을 살려 살아가는 방법을 가르쳐 주는 것이, 현명한 선택이고 이끌어 주어야 할 부모의 책무일 것이다. 대학을 졸업하고도 직장을 못 구하는 젊은이들이 100만에 육박한다니, 이 얼마나 사회적으로 인적 낭비인가! 중소기업에서는 인력이 없어 외국인 노동자를 수입해 오는 판국에, 정작 우리 젊은이들은 직장이 없어 놀고 있다니, 참 큰 문제임이 틀림없다. 우리 사회가 양성한 학벌주의가 낳은 결과물이다. 통계에 따르면 자녀를 낳아, 대학졸업까지 기르고 가르치는데 2억5천만 원이 소요된다고 한다. 두 자녀를 가정하여 본다면 5억이 들어간다는 셈법이다. 그리고 자녀를 특히 아들을 결혼시키려면, 집을 사주는 것은 엄두도 못 내고, 집 전세라도 마련해줄라치면, 요즘 빌라 전세 시가가 1억 7천만 원이란다. 부모는 자식을 위해 노후 자금이고 뭐고 남김없이 자식에게 쏟아붓는 것이 부모의 도리라 여긴다. 자식에게 모두를 내어주고도 남는 것은, 대접받지 못하는 노후의 초라한 모습이다. 요즘 사회적으로 자식에게 버림받는 노인 학대 문제가 이슈화되고 있다. 신체적, 정신적, 경제적, 착취 또는 가혹 행위를 저지르는 것이, 남도 아닌 자식이라니, 노년의 육체적, 정신적으로 병든 설움이 남의 이야기가 아니다.

예전에 내가 살던 곳에 손수레로 폐지를 줍는 노인이 있었다. 평생 농사일밖에 모르고 성실히 사는 촌부였는데, 농사짓던 토지가 도시개발로 편입되면서 하루아침에 졸부가 되었단다. 빌딩을 두서너 채 지었고, 집도 몇 채를 지녔지만, 진작 당신은 폐지를 주어, 하루 5천 원도 안 되는 돈벌이를 하는 것을 보고, 사람들은 하나같이 손가락질하며 쑤군거리는 것을 보았다. 남의 안목은 아랑곳하지 않았다. 남들이 왜 고생을 사서 하냐고 물으면, 소일거리 삼아 한다는 것이었다. 장성한 아들들은 건물 월세를 받아 외제 자가용을 타고 골프나 치며 호의호식하는데 말이다. 일반 상식으로야 이해가 안 되지만, 그 노인은 돈이 있어도 쓰는 방법을 모르고, 돈 모으는 낙으로 살았으니, 탓할 수만 없는 것이 아닌가? 파리나 런던

중심가의 전망 좋은 광장에 값비싼 와인을 마시는 층은 대부분 노인층이란다. 노년의 여유로움이 느껴지는 멋진 모습이다. 젊은이 들이야 편의점 등 저렴한 곳에서 커피를 마시는 것이 평상시 모습이다. 그렇지만 우리나라는 어떤가? 명동이나 번화가에서 고급 와인을 마시는 노인을 보기란 손에 꼽을 수 있으려나 모르겠다. 우리나라 노인들의 일상 풍경이 그려지는 곳은 탑골공원이다. 사회 봉사단체에서 주는 무료 급식을 받아먹기 위해 줄을 서는 모습이다. 우리나라 일부 부유층 젊은이들은 어떠한가? 사회적으로 공헌도도 없고 국가 발전에 기여도 없는 이들이 고급 양주에 고급 외제 차를 타고 거들먹대고 다닌다. 부모의 돈으로 진작 부모도 누려보지 못한 호사를 누린다.

우리의 기억 속에는 한 세대를 일반적으로 30년으로 알고 있다. 예전에는 부부가 결혼하여 자식을 낳고, 죽음에 이르는 기간이 길어야 30년이었다. 이 30년을 우리는 한 세대라 칭한다. 그러나 100세 시대를 맞아 결혼 후, 부부가 60년을 사는 오늘날에 이르렀다. 이제, 한 세대를 60년으로 고쳐 불러야 옳지 않을까? 오늘날, 경제 성장과 의학 기술 발달로 갈수록 평균 수명이 길어지고 있다. 우리나라도 2000년대에 이미 고령화 시대로 진입했다. 이제는 100세 시대라 한다. 이는 엄청난 축복이지만, 한편으로 생각해보면 크나큰 재앙이 아닐 수 없다. 100세 시대에 접어들었지만 국가도 개인도 아직은 준비가 되어있지 않았기 때문이다. 은퇴 후 경제활동 기간도 예전보다 줄어들고 노후 기간이 경제 활동 기간의 배를 초과하는 양상으로 변해간다. 의학 발달로 수명 연장이 개인이나 우리 사회에 주는 부담이 적잖다. 앞으로의 만만치 않은 숙제를 미래세대에 던져주고 있다. 물론 건강하게 100세 인생을 산다면야 그 얼마나 축복이랴. 그렇지만 채 준비되지 않은 100세 세대가 우리 사회에 미치는 악영향은 곳곳에서 이미 나타나고 있다. 노인들의 노후 문제점이 매스컴에 통해 전해오는 소식들은 그다지 달가운 소식이 아니라 침울한 소식들뿐이다. 우리나라 노인 자살률이 OECD 국가 중, 1위라는 보도를 접했다. 안타까움을 넘어 이제는 현실화되어 피부에 와 닿는

다. 이 문제들이 남의 이야기가 아닌, 곧 닥쳐올 내일의 우리세대 자화상이다. 나이가 들어 자식에게 기대는 것은 이제, 먼 나라 이야기가 된 현실이다. 부모세대가 미처 준비하지 못한 노후대책을 늦은 감이 들지만, 우리 세대는 이제부터라도 착실히 준비해야 한다. 태양은 뜰 때 아름답고 질 때 아름답다. 우리네 삶도 인생을 마무리하는 노후의 모습이, 해 질 녘 황금빛 저녁노을처럼 아름다웠으면 얼마나 좋을까?

제8장
세태 진단

사람은 태어나면서부터 선과 악의 양면성을 안고 태어난다. 살아가면서 자의 든 타의 든 간에, 선한 양심 뒤에 숨어있는 악은 선한 양심을 밀어내고, 불쑥불쑥 튀어나오려 안간힘을 쓴다. 인간의 본성은 어디까지가 선(善)이고, 어디까지가 악(惡)인가? 선은 올바르고 착하여 도덕적 기준에 맞음. 또는 그런 것이라 하고, 악은 인간의 도덕적 기준에 어긋나 나쁨. 또는 그런 것이라 한다.

우리가 살아가는 현시대가 요구하는 선과 악의 도덕적 기준은 무엇인가? 도덕적 기준도 시대에 따라 변한다는 말이 생각난다. 일리가 있다. 하지만 사람으로서의 취해야 할 기본 도리는 시대가 흐른다 해도, 변할 수 없다고 생각한다. 그리고 악의 도덕적 기준 또한 모호하다. 때때로 좋은 게 좋다는 식으로 악(惡)을 그럴듯하게 포장하여 선(善)으로 둔갑하는 것은 없는지, 곱씹어 봐야 할 것 같다. 선과 악의 미소를 구분하기 힘들 때가 있다.

사람은 태어나면서부터 보고, 듣고, 느낀 것을 터득해 옳고 그름을 배워나간다. 옳고 그름을 걸러내고, 취하고 해야 할 터인데, 어느 순간부터 모두가 한통속이 되어 자신을 위주로 판가름해 버린다. 옳은 것을 옳다 말하지 못하고, 그른 것을 그르다, 말하기를 주저한다. 자신과 무관한 일에는 남이야 고통을 받든 말든, 나와는 상관없는 데라는 인식이 팽배하다. 제각각의 이해관계가 난무하는 인생살이에서 나와 무관하다고 생각들 수 있으나 어찌 보면 남에게 향하던 화살이 어느 순간에 자신을 향해 날아올 수 있다는 생각은 하지 못한다. 이기주의는 우리가 배척해야 할 양심이다. 조금만 더 깊이 생각해 보면 우리 사회에 미치는 영향이 너무나 심각하다.

남이야 어찌 되던 나만 편하면 되고, 나만 행복하면 되는 것들이 멀지 않아 자신에게 곧, 닥칠 불행이 아닐까 한다. 내가 하면 모두 옳은 것이고, 남이 하면 모두 그른 것이라는 착각 속에 살아가는 것은 아닌지, 한 번쯤 깊이 통찰해 봐야 하지 않을까 한다. 도덕적 기준도 자신의 편리한 잣대로 나 하나쯤이야 괜찮겠지, 모든 일의 중심에 나이어야 한다는 개인주의가 우리 사회에 속속들이 배어 있다. 양보와 배려의 미덕은 점차 사라져 간다. 배려하면 바보가 되고 양보 없이 실리를 챙기면 똑똑한 사람이라는 인식이 앞선다.

물질 만능주의가 낳은 개인주의는 어느새, 우리 사회를 판친다. 현대를 살아가는 우리는 상대방을 이겨야만, 자신이 살아남는다는 경쟁심리가 팽배하다. 사회에서 직장에서 학교에서도 경쟁 심리를 부추겨 상대방을 이겨야만, 자신이 살아남는다는 삶의 방식을 공공연히 각인시킨다. 정치는 어떠한가? 말로는 국민을 위한 정치를 한답시고 아전인수격으로 갖다 붙이기를 좋아한다. 물론 건전한 경쟁은 사회나 자신에게도 이롭다. 하지만 너나없이 공공의 안녕보다는 눈앞에 보이는 현실 만족을 우선시한다. 내가 왜 손해 보나, 내가 왜! 내가 왜 손해를 봐야 하며, 왜 내가 사는 동네에 혐오 시설이 들어와야 해, 결사반대, 이것이 우리 사회의 현주소다. 순리와 타협보다는 배척이 먼저이다. 기성세대를 보고 자라는 청소년의 눈에 이러한 잣대들이 자연스레 몸에 배게 되니, 누굴 탓하랴 나로부터 곰곰이 곱씹어 본다.

우리가 살아가는 사회는 언제부턴가 차츰차츰 남의 아픔을 은근히 즐기는듯한 냉소적인 사회로 변해간다. 우리가 살아가는 현실이 너무 냉혹하고 각박하여 씁쓸하다. 요즘 젊은이들을 보면 길거리에서나 전철 안 또는 버스 안에서 연로한 노약자가 타면 양보하는 미덕은 옛이야기가 되어, 먼 나라 이야기쯤으로 여긴다. 실로 우려스럽다. 물론 아직은 희망의 불씨 같은 게 남아 있어, 더러는 자리를 양보하고 어른을 섬기는 젊은이들을 볼 때, 당연한 풍경이, 기특하고 가슴 한편이 따스해 옴을 느낀다.

우리가 살아가는 사회는 함께 공존해야 한다는, 운명적 공동체라는 인식이 너나없이, 없어진 지 오래다. 사회 곳곳에 파고든, 만연한 불신 풍조를 대안을 마련하여 하루속히 제거해야 한다. 이제부터라도 각박한 현실을 허물고 자신으로부터 시작하여 가정에서 그리고 개개인이 몸담는 직장에서 서로 배려하고, 말 한마디라도 상대방을 위하고 한 발짝씩 양보하여야 한다, 나이기에 앞서 우리라는 공동체 인식을 우선시하는 풍조를 만들어가야 한다. 사람이 살아가면서 건강진단을 받듯이 우리가 살아가는 사회에도 건강진단 같은 것이 있어서, 병든 것을 하나씩 치료하여, 건강한 사회, 밝은 사회를 만들어 훈훈하고, 인간미가 넘치는 사회로 체질 개선이 시급하다. 문명화되어 편리한 만큼, 사람도 서서히 기계화되어가는 현실이 너무 슬프고, 현 세태라 불리기에 안타까움이 더해간다.

제9장
김영란법 시행에 거는 기대

매스컴에서 연일 대서특필로 보도하는 뉴스가 김영란법 시행이다. 이전에도 언론을 통해 익히 들었지만, 솔직히 관심을 깊이 두지 않아, 짐작으로 대충 알고 있을 뿐이었다. 그렇게도 요란하게 대한민국을 시끌벅적하게 하는 김영란법에 대해 알아보는 기회를 가져봤다. 김영란법 시행을 두고 연일 언론에서 떠들썩하게 보도를 한다. 여기저기서 나타나는 문제점을 언론이 은근히 부추기는 모양새다. 나 같은 법에 문외한 사람이 한둘이겠는가? 하물며, 시행강령 규정 해석을 두고, 담당 부처 간에서도 갈팡질팡 중심을 못 잡는다는데, 일반 시민을 누가 탓하랴. 시민들의 빗발치는 문의에도 담당 부처마저, 명쾌한 답을 못한다고 있다고 한다. 사전 시뮬레이션이라도 하고 시행했었으면 하는 아쉬움이 남는다. 시행령 규정상 직무 관련성 판단 기준이 모호한 것이 문제라 한다. 그리고 국회가 대중영합주의적으로 이에 대한 개정안을 잇달아 여러 차례 발의한 게 혼란을 더욱 가중했다. 그동안 각종 비리부패가 있을 때마다, 김영란법만 시행된다면, 사회지도층의 부정부패가 없어지고 맑은 사회로 가는 지름길이라고, 이구동성으로 목소리를 높여온 것이 정치권이나 언론이다. 아무튼, 여론의 폭넓은 지지 속에 국회의 문턱을 넘어, 그렇게도 말 많았던, 김영란법이 2016년 9월 28일 00시를 시점으로 드디어 본격 발효되었다. 한 시대의 골격이 바뀔 때는, 사회적으로 민심이 크게 요동을 친다. 우리나라 대한민국에 부정부패가 없는 청렴 문화 장착을 위한 고통이라면 기꺼이 감수해야 한다.

김영란법은 정확히 말하면 부정청탁 및 금품수수에 관한 법률이다. 약칭 청탁금지법이다. 첫 발의를 한, 전 국민인권위원회 위원장의 이름을 따 "김영란법"이라 불린다. 청탁금지법 적용대상자는 공무원, 공공기관 임직원, 언론 종사자, 국공립, 사립학교 임직원 본인 및 배우자가 해당이 된다. 직무수행, 사교, 등의 목적으로 식사는 3만 원 이하, 축의금 조의금, 화환, 조화 등의 경조사비는 10만 원 이하로 규정하고 있다. 언론 종사자나 사립학교 교직원은 민간인이라는 점을 고려해 직급별 구분 없이, 시간당 100만 원까지는 사례금을 받을 수 있게 명시하였다. 단, 직무 관련성이나 대가성에 상관없이 1회 100만 원 또는 연간 300만 원을 초과하면 안 된다고 못 박았다. 그리고 부정청탁을 하면 1,000만~3,000만 원이, 100만 원 이하 금품을 받으면, 수수금액의 2~5배 과태료가 부과된다. 항간에는 국회의원은 적용대상이 아니라는 유언비어가 나돌았지만, 국회의원 역시 국가공무원법상의 공무원으로 청탁금지법 적용대상자다. 김영란법 시행에 기대어 보상금을 노리는 일명 란파라치 양성에 적극적으로 나서고 있단다. 현행법에도 신고로 인해 공공기관에 재산상 이익을 가져오거나 손실을 방지, 공익 증진에 힘쓰면 포상금을 지급하도록 규정하고 있다고 한다. 포상금은 최대 2억 원, 보상금은 최대 30억이라니, 성행할 것은 뻔한 일이 아닌가? 벌써, 란파라치 학원이 수도권을 중심으로, 20곳 정도가 이미 성행 중이란다. 양성 교육을 받아 전문적으로 활동하고 신고꾼이 이미 상당수가 있단다. 그리고 내부 신고자 보호 의무도 법률상에 명기하였다고 하니, 이전과 같은 부정부패는 많이 줄여들리라 믿어 의심치 않는다.

김영란법의 시행 효과 현실화가, 확연히 눈에 띈다고 한다. 법 시행이 되면서 구내식당은 초만원을 이룬단다. 주변 식당가는 손님이 평소 3분의 1 수준으로 줄어 울상이라고 한다. 그리고 밥값이나 술값을 계산할 때 자연스레 더치페이 문화가 생겼다 하니 반가운 일이다. 언론 보도로는 식당, 술집, 꽃집 등이 허용 가격에 맞춰 새로운 메뉴 개발에 박차를 가하지만, 공직사회를 비롯한 상인들은 한껏 위축되는 분위기다. 김영란법으로 인해 우리 경제가 정당한 활동마저 위축되어선 안 될 일이다. 처음 시행에 따른 일시적인 현상이리라 믿는다. 부정부패는 경제성장의 발목을 잡는 심각한 방해물이라는 것이 국민은 공감한다. 공무원과 사회 지도층이 맑아야 국가 청렴도가 높다. 윗물이 맑아야 아랫물이 맑다는 것이 정설이다. 우리나라는 OECD 회원국 34개 나라 중, 부패 수준이 29위라는 국제투명성기구의 발표가 있었다. 국민소득 3만 불 문턱을 넘어서지를 못하고 중진국 딜레마에 빠진 대한민국을 현주소에 김영란법이 희망이기를 바래어본다. 오랜 기간 관습화된 그릇된 사회 풍조를 바로잡아, 선진사회로 가는 진통이라면 기꺼이 참아내고 동참해야 마땅하다.

제10장
축복 된 만원(滿員) 시대

아침 출근 시간이면 지하철을 지옥철이라 하고, 아침 출근길 막힘 현상은 주차장을 연상케 한다. 산에 가면 등산객들로 만원이요. 병원 가면 환자들로 만원이고 극장가나 시장, 가는 곳마다 흔히 말하는 인간사태가 났다고들 한다. 농업사회에서 산업사회로 전환되면서 급속도로 도시에 인구가 집중적으로 몰리는 인구 집약화된 도시 생활은 숨 막힐 듯하지만, 급속도로 적응해가는 인간 진화 노력이 놀랍다.

필자가 태어난 1960년대 일반 가정집의 자녀는 5~6명은 보통인 것이 기본이었다. 옛말에 낳으면 저절로 큰다는 말이 있고, 나면서부터 자기 밥그릇은 챙겨 나온다는 속어가 있을 정도였다. 오륙 남매가 되면 한쪽에서는 울고 한쪽에서는 웃고 하면서 자리 난 것이 우리 세대였다. 싸우기도 하며 때로는 적은 양일지라도 나눠 먹는 우애가 있었다. 오랜 유교 사상에 길들어져 어른을 공경할 줄도 남을 배려할 줄도 알고 인간적 기본 도리라는 것이 몸에 배 있었다.

일자리가 없어 먹을 것은 부족하고 인구는 넘쳐나던 1970년부터 우리나라 인구 산아제한정책으로 두 자녀 낳기 캠페인이 정부 정책하에 이루어졌다. "아들딸 구별 말고 둘만 낳아 잘 기르자!" 인구 산하 정책을 시행한 지 불과 50년도 안 된 현시점에 저출산으로 자녀 더 낳기 장려 운동이 사회 전반적으로 벌어지고 있으니, 정말 세상은 아이러니하다. 국민의 인구수가 국력이다. 이제 그리 머지않은 2024년이면 우리나라 인구 감소가 시작된단다. 급기야 우리나라 장래에 비상이 걸린 상황이다. 결혼과 출산이라는 인간의 기본 행위는 변절한 시대의 틈바구니에 끼어, 자녀의 수 보다 자녀의 질을 추구하고 심지어 결혼을 포기하거나 무자녀를 선택하기도 한다니 국가적으로 비상사태가 발생했다고 보아야 한다.

보건복지부 발표에 따르면 우리나라 여성 1명당 합계출산율은 1960년대 6.0명에서 2000년대는 1.08명으로 세계 최저 수준이라니 심각한 일이 아닐 수 없다. 작금에 와서야 두 자녀 이상 낳은 가정에, 정부 혜택을 주는 자녀 낳기 장려 운동 정책이 펼쳐지지만, 그 효과는 요원하다. 산업화 사회로 진입하면서 삶의 질 추구가 최우선 목적이 된 양상이다. 현대의 산업화 사회는 예전의 남성 일인 생계 부양에서 부부 맞벌이 가족 형태로 전환되었다. 평생직장이라는 관념에서 비정규직과 명예퇴직 등, 고용 불안정이 급격히 이루어져 전통과 현대 상이 심하게 충동하는 양상으로 급변한 것이 저출산의 크나큰 요인이다. 이러한 상태로 가면 노인 인구의 비중은 높아져 사회적 부담이 되고 2030년대부터는 노동력 부족현상으로 우리나라가 큰 위기에 직면할지 모른다 한다. 저출산 시대의 인구 감소는 소비를 감축시키고 기업 활동을 위축시켜 경제성장을 어렵게 한다는 것은 불을 보듯 뻔하다. 이제 정부도 심각성을 고려해 발등에 떨어진 불을 끄기에 바쁘다. 국가적으로 시급히 대안을 마련해야 한다. 우리가 살아가는 현시대를 지구의 만원(滿員) 시대라 한다. 현재 우리가 살아가는 만원(滿員) 시대가, 사는 것이 힘들고 고달플지라도 축복 된 삶이 아닌가 생각해 본다.

제11장
신산업혁명 스마트폰

요즘 전철을 타보면 사람들은 하나같이 스마트폰에 몰입해 있다. 예전 같으면 책이나 신문 등을 보는 사람들이 대부분이었건만, 20년 남짓이 지난 시점부터, 빠른 사회 변화를 적극적으로 수용하게끔 만드는 도구가 되어, 이제 스마트폰 하나면 모든 것이 해결할 수 있다. 약속 장소의 위치를 찾는 지도도, 뉴스, 전화 기능에 문자 기능까지 그리고 사진촬영 전송 등, 기타 은행 업무에 예매까지 실로 놀라운 발전이 아닐 수 없다. 요즘을 사는 사람인의 필수품이 되었다. 스마트폰을 몸에 지니고 다니지 않으면 불안해진다는 사람이 많다. 지갑을 집에 두고 나와도, 스마트폰은 꼭 챙겨야 안심이 된다는 것이 요즘 사람들의 심리 상태다. 머리를 숙인 상태로 스마트폰 화면을 오래 봄으로써, 입 주위가 처져 늙어 보이는 증상인 스마트폰 노안이라는 신조어까지 생겨났다.

우리는 스마트폰 시대에 살고 있다. 그리고 우리나라 스마트폰 보급률이 세계에서도 최고라고 한다. 전 세계적으로 업체 간 경쟁을 하며 신제품 출시가 홍수를 이룬다. 쏟아지는 스마트폰도 나날이 제품이 향상되어 소비자의 사용 기간도 대부분이 2년 미만이다. 스마트폰의 발전은 어디까지일까? 소비자를 향한 끝없는 제품 개발의 끝은 어디까지 일지 궁금증을 자아낸다. 손바닥만 한 스마트폰 안에 예전에 우리가 꿈꾸던 모든 전자 제품이 함축되어 있다. 스마트폰으로 음악을 들을 수 있고, 텔레비전을 시청할 수 있고, 문자 편지를 보내고, 길까지 찾아주는 내비게이션도, 그리고 전자결재까지도 애플리케이션을(앱) 내려받아 사용할 수 있다. 이제는 집에 애완견이 뭐 하고 있는지 실시간으로 볼 수까지 있으니 그야말로 스마트폰 하나면 안 되는 것이 없다. 그리고 집의 온도와 조명까지도 스마트폰으로 켜고 끌 수 있는 그야말로 스마트폰 전천후 시대다. 스마트폰은 1992년 IBM 사가 설계하여 1993년에 대중에게 처음으로 공개되었고 지금의 스마트폰 기능을 갖추어 팔렸다고 한다. 이후 대한민국에서는 2004년 개인정보 관리 기능을 갖춘, 스마트폰을 개발하여 같은 시기에 출시하여, 꾸준히 연구 개발하여 오늘날 세계적으로 우수성을 인정받기에 이르렀다.

전 세계적으로 작금의 현실은, 어른이나 청소년은 말할 것 없이 남녀를 불문하고, 심지어 갓 돌이 지났을 법한 아이까지 전철이나 식당가에서 심심찮게 스마트폰을 이용하는 것이 본다. 앙증맞은 손으로 엄마 아빠가 열어준 스마트폰으로 게임을 하거나, 만화를 보느라 몰두해 있는 광경을 보노라면, 신기하게도 스마트폰에 영리하게 길들어진다는 느낌을 지울 수 없다. 손오공이 뛰어봐야 부처님 손바닥이라는 말이 있듯이, 지금은 스마트폰이면 사회 전반적 현상들을 모두 꿰뚫어 볼 수 있다. 1993년에 처음 출시 되어, 2016년 현시점으로 23년이 된, 스마트폰 등장은 현대문명을 바꾸는, 또 하나의 획기적인 사건이라 아니할 수 없다. 또나시 10년 이내에 스마트폰의 미래 진행 방향은 어디까지, 어떻게 발전할지 귀추가 주목된다. 아니 상상을 뛰어넘을 것이다. 18세기 산업혁명이 일어난 이후, 인류사회의 커다란 업적과 변화를 가져온 것을 손꼽으라면, 당연히 신산업혁명이라 불리어도 손색이 없을, 스마트폰일 것이다.

작가 주응규
그는 포괄적 접근 방법을 시도하여
다채로운 장르의 삶을 주제로 詩作을 해온 시인이다.
詩로써는 표현할 수 없었던 내면적 이야기들을
경수필과 중수필 형태로 진솔하게 엮어
독자 앞에 다시 다가왔다.
작가의 눈에 비친 세상을 새로운 각도로 조명하여,
도시적 서정성을 꼬집으면서
시대적 고뇌의 화두를 던지기도 하고,
각박한 삶들을 사랑으로 승화시키려는
시인의 심상(心象)과 작가가 본 세상사의
단면을 만나 볼 수 있는 수필집이다.

– 시인 김락호 –

햇살이 머무는 뜨락

주응규 수필집

초판 1쇄 : 2016년 11월 22일

지 은 이 : 주응규

펴 낸 이 : 김락호

표지 그림 : 김락호

디자인 편집 : 이은희

기 획 : 시사랑음악사랑

인 쇄 : 청룡

연 락 처 : 1899-1341

홈페이지 주소 : www.poemmusic.net

E-Mail : poemarts@hanmail.net

정가 : 15,000원

ISBN : 979-11-86373-55-2